拉斐尔前派插画书信与日记

沈语冰 / 主编

[英]简·马什 / 编著

陈初露 / 译

广西美术出版社

译者前言
TRANSLATOR'S PREFACE

2021年冬,有幸试译本书信集。在出版社审核之后,便开始着手翻译工作。收到原著样书,首先被封面以及书中那唯美的图画所吸引,这似乎是为了与该画派风格相呼应而设计的。在以往的美术史学习中,已有过对拉斐尔前派的了解,但在正式翻译之前,还是查阅了知网、维基百科、外文数据库以及相关著作等,以期进一步了解拉斐尔前派的相关历史背景以及国内外现有的研究成果。这些既为后面的翻译提供了认识基础,也为译者提供了新的知识,翻译的过程自然也就成为学习的过程。

全书共分八章,记录了拉斐尔前派从成立、遭受批评、团体分裂到第二代拉斐尔前派的出现及影响,描绘了兄弟会之间的友谊、爱情及其艺术成就。拉斐尔前派作为19世纪英国艺术的先锋派,由威廉·霍尔曼·亨特、约翰·埃弗里特·米莱斯、但丁·加布里埃尔·罗赛蒂、威廉·迈克尔·罗赛蒂、詹姆斯·柯林森、弗雷德里克·乔治·斯蒂芬斯和雕刻家托马斯·伍尔纳于1848年创建。兄弟会认为,拉斐尔古典的姿态和优雅的构图对艺术教学产生了负面作用,他们寻求回归到文艺复兴初期意大利艺术那丰富的细节、强烈的色彩和复杂的构图。他们尤其反对英国皇家美术学院创始人雷诺兹爵士的影响,在书中称其为"懒"诺兹爵士。

该团体还成立了自己的杂志《萌芽》,以宣传其思想。他们继续接受历史画和模仿自然的观念,将其作为主要的艺术目标,其创作灵感大多受文学的影响,如受到济慈和丁尼生的作品的影响,同时他们也为文学作品制作插图。其绘画大多描绘女性,并与"堕落女性"[Fallen Woman]的主题有关。早在18世纪，贺加斯就描绘过这类"社会道德题材"，旨在对当时社会不公平的现象进行深刻的揭露与讽刺，影响了19世纪的艺术家。该主题的盛行，还与维多利亚时代倡导严格的贞操准则有关。当时性成为社会关注的焦点，人们认为女性的堕落会给社会发展带来威胁与恐慌，国家稳定取决于私人（家庭）和公共（社会）道德。中产阶级家庭成为令人尊敬的两性关系模范，女性理想中的母亲、妻子和女儿形象成为女性行为的规范，稍晚的风俗画家乔治·埃尔加·希克斯[George Elgar Hicks]的三联画《女人的使命》[Woman's Mission]便体现了这种道德生活的突出特点，而生活在这种道德准则之外的女性被认为是不正常的。

这一时期为中产阶级消费而创作的绘画参与了英国国内意识形态的形成过程，使英国家庭生活的价值观和绘画价值观融合在一起。皇家美术学院的绘画旨在消除阶级和两性尊严之间的矛盾，让公众肯定中产阶级的道德价值观。罗赛蒂的《发现》和亨特的《觉醒的良心》，便是这一时代背景下的产物。罗斯金也曾赞赏《觉醒的良心》，认为它精细描绘的写实主义具有捕捉伟大心灵瞬间的效果。罗斯金对画面细节的描述还包含了对现代道德空虚的谴责。而这种精细的描绘将"巧"与"拙"的技法结合在一起，正是秉承了罗斯金的艺术主张。

在几年时间里，该团体发生分裂并朝着两个方向发展。现实主义倾向者由亨特和米莱斯主导，而中世纪倾向者由罗赛蒂和他的追随者伯恩-琼斯和威廉·莫里斯主导。当然这种分裂从来都不是绝对的，因为两派都认为艺术本质上是精神的，他们的理想主义与库尔贝和印象派的唯物现实主义相对立。

作为反传统主义者，兄弟会突破了形式与风格的某些障碍，却也因此受到了各种各样的攻击，尤其是他们对主流艺术的美和礼仪标准的蔑视，让那些更习惯于看到艺术作品反映传统美的观众感到不安。因为维多利亚时代的观众和评论家采用的是具理想性、普遍性和等级秩序的新古典主义标准，而拉斐尔前派拒绝这些标准，并支持细节的真实，这在《现代画家》中也得到了罗斯金的支持。审视米莱斯、亨特和罗赛蒂的一些重要作品，如米莱斯的《基督在木匠铺》《玛丽安娜》《被禁的保皇党人》，亨特的《一个皈依的英国家庭庇护一位基督教传教士》《世界之光》《伊莎贝拉》和罗赛蒂的《天使报喜》《发现》《保罗和弗朗切斯卡》等,不仅体现了那个时代对激进艺术的趣味,还揭示了对社会上疾病与畸形、丑陋与粗俗问题的潜在关注。尽管他们的作品挑战了维多利亚时代美的标准,重新塑造了英国艺术,但依然逃脱不了分裂的结局。

在第四章讲述他们的现代生活与爱情时,证实了这一结局。兄弟会成员度过了学生阶段后,迈向了不同的人生方向。柯林森完全放弃艺术,加入耶稣会;伍尔纳去了澳大利亚,梦想在那里成为一名肖像画家;米莱斯继续创作,并成为皇家美术学院准成员;亨特去了圣地,通过对埃及和巴勒斯坦等地方的考察研究,试图调和宗教与科学;威廉·迈克尔·罗赛蒂放弃艺术而选择了新闻业;加布里埃尔后来拒绝参展。

兄弟会在艺术上的成就还离不开批评家罗斯金,他是拉斐尔前派兄弟会绘画革新的促进者和辩护者。在推崇"前文艺复兴"阶段,罗斯金认为波提切利和安杰利科的作品充满了宗教虔诚,而盛期文艺复兴阶段过分受到古典主义的影响,丧失了这种真挚虔敬的情感。罗斯金认为拉斐尔前派的艺术体现了真诚的道德理想,后来他还成为米莱斯、亨特、罗赛蒂及其妻子的赞助人。本书在论述罗斯金时,除表述他与米莱斯、罗赛蒂等人的友谊外,还在第三章直接以其妻子埃菲为主线,透露了其婚姻生活不和的一面,以及埃菲与米莱斯互相爱恋,最后结婚的事实。批评家罗斯金的艺术思想与拉斐尔前派兴起之间的关系,美术史书籍中多有述及,这里提供了他们生活中相互联系的另一面。

在罗斯金艺术观念影响下的英国工艺美术运动,标志着拉斐尔前派成员的艺术友谊进入新的阶段。伯恩-琼斯和威廉·莫里斯成为罗赛蒂的追随者和朋友,罗赛蒂也成为莫里斯、马歇尔、福克纳公司的合伙人,且与莫里斯妻子简互生情愫,后来福特·马多克斯·布朗和伯恩-琼斯也成为该公司的合伙人。通过莫里斯的公司,拉斐尔前派兄弟会的理想影响了许多室内设计师和建筑师,激发了他们对中世纪设计和其他工艺的兴趣,并导致了由威廉·莫里斯领导的工艺美术运动。威廉·霍尔曼·亨特通过德拉·罗比亚陶瓷公司参与了设计改革运动。这场运动影响了许多后来的 20 世纪英国艺术家。

本书为书信与日记类著作，其中还包括拉斐尔前派成员的一些诗歌，原文多依严格的格律写成，译文只能浅近地表达其本意，难以保持原有的韵律与辞藻之美。在进行信件或日记翻译，尤其是诗歌翻译时，需要揣测体会写信者的情感状态，了解维多利亚时代的历史与政治背景，以及艺术家的个性与生平等，如克里斯蒂娜·罗赛蒂的诗歌要体现那种细腻清新、忧郁神秘的特点，这也与其个人经历有关；亨特、米莱斯以及罗赛蒂三人之间的那种兄弟情谊，在信件中要表现那种亲密友好以及分开之后互诉思念、分享日常以及创作进展的情感；罗斯金虽然在艺术批评领域享有盛誉，但在对待婚姻的态度上，他是个性格孤僻且对妻子极其冷漠及有诸多抱怨的人，因此在翻译埃菲的书信时，要体现她对罗斯金那种失望、痛苦与无奈的心理；罗赛蒂和莫里斯夫妇之间的感情也很复杂，莫里斯与罗赛蒂是朋友，但妻子与朋友擦出了火花，因此翻译莫里斯信件要体现那种无奈与愤懑之情，还有不想为人所知的骄傲等。这些书信、日记所记录的画家、其爱人以及友人间的情感，为我们了解拉斐尔前派提供了美术史之外艺术家生活的另一面。

以往有关拉斐尔前派的著作和文章多偏向对其艺术家、艺术作品、艺术风格等方面的研究，而本书在内容上与之相反，弱化了艺术家在艺术方面的表述，而是以信件、日记这种生活化的方式，记录拉斐尔前派的目标、友谊以及艺术成就，为研究该主题的学者、学生以及想要了解拉斐尔前派的艺术爱好者提供了更丰富且有趣的阅读材料，同时也使读者能切身体会维多利亚时代兄弟会的艺术生活，或许在某个时刻，想象自己为其中一员。

翻译的过程虽然辛苦，但还是收获良多；翻译过程中得到众师友们的帮助和鼓励，在此一并感谢。译者本人尚在学习途中，力有不逮，书中不免会有错误，恳请读者不吝批评指正。

陈初露

2023 年 12 月

目 录
CONTENTS

002　导言

007　第一章　拉斐尔前派兄弟会

032　第二章　遭受批评

052　第三章　埃菲

072　第四章　现代生活与爱情

100　第五章　亨特在圣地

118　第六章　快活的朋友们

146　第七章　公司

165　第八章　不和谐的维纳斯

180　拉斐尔前派圈子

186　追寻拉斐尔前派的足迹

188　译名对照表

190　致谢

有什么比燃烧的树叶的气味更好闻吗?对我来说,没有什么能让我回忆起逝去的美好日子:它是夏末向天空献上的熏香,它给人带来了一种快乐的信念,即时间会给逝去的一切留下平和的印记。

——米莱斯

导　言
INTRODUCTION

拉斐尔前派的绘画富于色彩和氛围，或充满戏剧性和侠义行为，或充满强烈的神秘情感，它们似乎与一个消失已久的美丽而浪漫的世界有关；而拉斐尔前派兄弟会［Pre-Raphaelite Brotherhood］是英国艺术中最早的现代运动之一，是一个真正的先锋派。

环顾我们的展览，看到的是"牛类绘画""海景绘画""水果绘画""家庭绘画"等：沟渠里永远是棕色的母牛，狂风中的白帆，碟子里切成片的柠檬，以及在傻笑的愚蠢脸庞——试着去感受下我们现在的样子，我们原本可能的样子。

约翰·罗斯金在为拉斐尔前派辩护的一开始就这样写道。他描述了19世纪40年代末英国绘画的颓废状态，这是由过时的教学、对陈旧思想的惰性依赖与模仿活动造成的。

拉斐尔前派兄弟会的目标、友谊和艺术成就在本书中通过艺术家本人的信件、日记与回忆录得以展现，短短几年内，拉斐尔前派兄弟会让英国艺术以一种新的面貌和理想主义重新焕发了活力。

拉斐尔前派不模仿前人的绘画：他们只模仿自然。但他们反对将自己视为一个整体，反对这种教学……这是从拉斐尔时代之后开始的……因此他们自称拉斐尔前派。如果他们坚持自己的原则，在现代科学的帮助下，以13、14世纪人的真诚来描绘他们周边的自然，他们将……创建一个新的高贵流派。

《我们的英国海岸》(1852年),威廉·霍尔曼·亨特作,取材自费尔莱特附近的萨塞克斯悬崖。罗斯金称赞这幅画在阳光和阴影中展现出"对色彩和阴影绝对忠实的平衡"。

这是一个值得讨论的问题，拉斐尔前派及其追随者是否坚持了运动最初的原则和理想，或者他们是否偏离了对自然的绝对忠诚，转而支持第二代拉斐尔前派那种更浪漫化的艺术，用爱德华·科利·伯恩-琼斯的话来说，他们的目的是描绘想象世界的图像：

我指的是一幅美丽的浪漫之梦，在一片没有人能定义或记住的只有欲望的土地上——有一种从未有过、也永远不会存在的东西——在一种比任何曾经闪耀的光更闪亮的光中。

可以说，拉斐尔前派的绘画风格从一种一丝不苟、高度细致的绘画方式演变为一种更柔和、不那么专注的方式。然而，其明亮和谐的色彩仍然是一个标志；富有想象力的主题也是如此，它们往往以文学和传说为基础——这是维多利亚时代的人们通过过去的镜头探索自己世界的一部分。正如但丁·加布里埃尔·罗赛蒂所说：

我不会把自己包裹在自己的想象中，是它们把我从外部世界包围起来，不管我是否愿意。

这是一种新的观看方式，它被转化成想象和欲望——在这个过程中产生了明亮的图像、精致的稿图、生动而充满情欲的诗歌；

威廉·莫里斯设计的中世纪女士形象，用于刺绣和彩色玻璃。这件礼服与威斯敏斯特大教堂的埃诺的菲莉帕雕像的礼服相似，维多利亚女王在1842年的一次化装舞会上穿的就是菲莉帕雕像礼服的复制品。

《加拉哈德爵士在被摧毁的教堂》（1855年），但丁·加布里埃尔·罗赛蒂的木刻画，用于阐释丁尼生的诗句：雪白的祭坛布上闪耀着美丽的光芒，银器闪闪发光，刺耳的钟声响起，悬吊着的香炉在摆动，庄严的圣歌回荡其间。

以及许多温馨风趣并附有诙谐漫画的信件，因为拉斐尔前派艺术家和其朋友们的生活充满欢乐，青春洋溢而又从不浮夸或自负。他们大量的书信往来——时而尖锐、时而深情、时而浪漫和粗俗——无不反映了他们的生活，彼此交织成一幅明亮的挂毯画面。

拉斐尔前派的画作在当时堪称先锋，如今它们唤起了人们对昔日视觉辉煌世界的回忆。画家和他们伴侣的生活与爱情也产生了类似的魅力。在他们的关系中，我们看到了一个迷人的圈子——一个从"兄弟会的兄弟"和"拉斐尔前派的姐妹"开始，一直到围绕着威廉·莫里斯和伯恩-琼斯的圈子。最终，这个群星灿烂的圈子光芒渐渐消退，但在巅峰时期，这是一个深情和友谊与诗歌和绘画交织在一起的世界，产生了美丽的图像，并且光芒万丈。

THE ILLUSTRATED LETTERS AND DIARIES OF
THE PRE-RAPHAELITES

《奥菲丽亚》（1852年），约翰·埃弗里特·米莱斯作，描绘《哈姆雷特》以"在那小溪旁，有株倾斜的杨柳树"开篇的画面。莎士比亚被拉斐尔前派视为"不朽"之一。

第一章 拉斐尔前派兄弟会
THE PRB

1848年的春天正值欧洲大革命。在伦敦，两位刚从艺术学校毕业没多久的年轻人目睹了工人阶级要求全体公民享有政治权利的大宪章示威游行。他们出于好奇和同情参与了游行，而非好战，结果游行者很容易就被驱散了。那是20年来最后一次这样规模的示威游行。尽管当时爱尔兰闹饥荒，其他地方的城市脏乱不堪，维多利亚时代初期仍给英国带来了繁荣与信心——这是一个经济扩张、全球探索、艺术创新的时期。

这两位学生是当时年仅19岁的约翰·埃弗里特·米莱斯和21岁的威廉·霍尔曼·亨特。他们在米莱斯的画室里一起工作，急切地想完成他们为参加著名的皇家美术学院展览所作的画作。正如亨特后来回忆道：

> 提交画作的截止日期越来越近。米莱斯比我更拼命地作画，但是他还有更多的事要去做。而我们一致认为，要是不拼尽全力至

青年米莱斯的肖像画，威廉·亨利·亨特作。米莱斯一家是英吉利海峡群岛中泽西岛的老住民。米莱斯是个神童，他是皇家美术学院史上最年轻的学生。

深夜，甚至通宵，我们两个都不能按时完工……有一次，在精疲力竭之后，他突然变得孩子气起来。他对给尚未完成的人像画衣饰这一任务心怀不满，并且请求我帮助他。"去，做个好兄弟，帮我把这些褶皱弄出来；不会耽误你的时间，因为我会帮你画其中一个狂欢者的头部。"……直至今日，我也能区分开他帮我画的部分，我只能通过一次次精确的改动让他的处理符合我的画作。

少年天才米莱斯在16岁时就展出了自己的第一幅作品，而此时亨特却不得不与父母的反对做抗争。他是第一个接触《现代画家》的人。那是约翰·罗斯金所著的一本有争议性的书，呼吁年轻艺术家"怀着赤诚之心回归自然"，多去自我创作而非抄袭模仿先辈的死板艺术。亨特记得他曾向米莱斯这样解释：

我已研究当前艺术内外的理论，并且发现大多数绝不能接受。你问我的顾虑是什么？唔，它们简直是大不敬的、离经叛道的、颠覆性的……除非年轻人能批判性地看待先辈们的教条，敢于直面反抗权威的想法，不然没人可以使自身的艺术充满生命力。

关于理由，他继续说道：

构图的几个部分为何总是金字塔式的顶点？为什么最高的光总要打在主要人物身上？为什么画的一角总在阴影中？到底是为什么画里白天的天空要跟夜晚一样黑？而且即使从房间的窗户看，房间里的强光，除了对面窗户外的同一片天空，没有任何其他来源。

《玫瑰丛中的恋人》（1848年），米莱斯作并赠予其拉斐尔前派兄弟但丁·加布里埃尔·罗赛蒂。这是一幅拉斐尔前派早期绘画作品，轻微的僵硬感与平坦的视角有效唤起了对中世纪时期浪漫氛围的回忆。

亨特和米莱斯还一起接触了约翰·济慈的诗歌，其感性与浪漫的融合激发了他们的想象，唤起了生动的形象。米莱斯帮助亨特在画作中描绘的人物来自济慈《圣艾格尼丝之夜》中的最后一幕，那一幕中年轻的情侣私奔了：

> 铁链躺在踏石上，一片静悄悄；
> 钥匙转动了，大门的铰链嘎吱地一叫。
> 他们俩永远去了，在很久以前，
> 这对恋人逃入了暴风雪之中……*

1848年的5月，画作被送去皇家美术学院，吸引了20岁的但丁·加布里埃尔·罗赛蒂的注意。用亨特的话来说：

> 罗赛蒂走到我跟前，反复大声赞美我的画作……是展品里最好的。也许是因为主题源自济慈的诗歌，才让他如此夸张……
> 几天之后，罗赛蒂来到了我的画室。

尽管罗赛蒂开始在皇家美术学院展现出潜力和希望，他却因厌倦了刻苦却乏味的训练而退学了。他对艺术界的新变化充满热情，整个夏天，他与亨特建立了温暖、有时甚至炽热的友谊。

---

* ［英］济慈：《济慈诗选》，屠岸译，外语教学与研究出版社，2011，第239-241页。

"他有纤细的鹰钩鼻,鼻梁略塌陷,鼻孔饱满,眉毛圆润突出,下颌棱角分明。"威廉·霍尔曼·亨特在兄弟会早期给罗赛蒂画这幅肖像速写时如此写道。

罗赛蒂为父亲盖布瑞尔·罗赛蒂教授创作的肖像素描(1853年4月28日),描绘他醉心研究但丁·阿利吉耶里著作的画面。这位艺术家的名字就是其父亲以"但丁"的名字为其取的。

"亲爱的威廉",罗赛蒂在8月30号给弟弟写信道:

亨特和我列了一张契合我们信条的不朽人物清单,并把它贴在画室里,等待所有正派人士的签名。这已经引起我们熟人间的巨大恐慌。我想我们得带把毛刷来平复惊慌的心情。这份清单把不朽人物分为四个等级:一等三颗星,二等两颗星,三等一颗星,四等没有星。我们还打算摘录我们诗人的各种诗篇,连同诗篇中正确有力的情感张贴在墙上。

罗赛蒂的父亲是一位来自意大利的政治难民,他回国的希望曾一度燃起,但1848年的事件使其回国的愿望破灭。之后亨特对罗赛蒂的家进行了生动逼真的描绘:

"当我们同意使用'PRB'作为我们的标志时,每位成员都郑重承诺将保守这些字母背后的秘密。"威廉·霍尔曼·亨特写道。这幅关于成员们的绘画由阿瑟·休斯从亨特的笔记本中选取。

　　他父亲从火炉旁围着的外国人群里起身迎接我,他们都是从欧洲大陆逃出的革命者……他们多用意大利语对话,偶尔夹杂着几句法语……炉边的客人轮番发言,没有人说过多的话,直到他兴奋地从椅子上起身,走到人群中心,做出那些我只在演讲台上见过的手势……显然每个发言者都很难完全表达其情绪,但当激情在动作和姿态中展现出来的时候,作为陌生人的我为无法共情而感到痛苦。发言者坐回到他的凳子上,此时另外的人开始变得悲天悯人起来,而前者则继续唉声叹气。当我觉得我不可能对这群陌生人表现出的绝望情绪视而不见时,加布里埃尔和威廉耸耸肩,后者慵懒地表示同情,说他们总是这样。

　　"这对我而言很新奇。"他继续写道:

　　晚餐的第一道菜肴是通心面,还有其他英国餐桌上不常见的菜和调料……晚餐结束,我和兄弟俩看见一些人在玩多米诺骨牌和国际象棋,待其余人员到齐就去楼上参加"PRB"会议。

拉斐尔前派成员弗雷德里克·乔治·斯蒂芬斯肖像画。霍尔曼·亨特1847年作。斯蒂芬斯的儿子霍利就是以亨特的名字命名的。"金色的冬青树上长着一朵玫瑰。""为老朋友的眼睛和鼻子而欢呼。"克里斯蒂娜·乔治娜·罗赛蒂写下以上诗句作为谢礼。

那年秋天的某个时候,这三位好朋友一起欣赏了现代德国艺术的复制品,以及一本14世纪比萨公墓壁画的雕版画集。正如亨特解释道:

也许正是在特殊时间发现的这本书促进了拉斐尔前派的成立。当时米莱斯、罗赛蒂和我都在为新艺术寻找一些良好的基础与起点。当我们翻阅这本雕版画集时,我们找到或自认为找到了我们想从腐败、骄傲、疾病中追求的自由。至少这里没有任何衰落的迹象,没有传统,没有傲慢……想想在此时此刻,这样的作品会带来多么大的启示,我们三人怀着三倍的热情赞美它。

他们带着青春的朝气,摒弃了拉斐尔传统中所有后文艺复兴时期的艺术,并用"可悲懒散"批评了当世所有画家,认为他们懒惰、老套、无趣。米莱斯甚至笑称著名的约书亚·雷诺兹[Joshua Reynolds]爵士为约书亚·"懒"诺兹["Sloshua" Reynolds]。约书亚·雷诺兹爵士是皇家美术学院创始人,他的《讲演集》奠定了学院的教学基础。

在某个已经没人能具体想起的激动人心的时刻,他们决定成立一个半秘密组织,意图让整个艺术界眼前一亮。在每幅展出的画作上,他们在名字后面都留下神秘的首字母"PRB"。很快组织成员累积至7人,包括画家詹姆斯·柯

威廉·霍尔曼·亨特18岁时的自画像，试图展现其与威廉·贺加斯的相似之处。贺加斯是拉斐尔前派认同的不朽人物之一，尽管他的艺术风格并未吸引他们去模仿。

林森、弗雷德里克·乔治·斯蒂芬斯和雕塑家托马斯·伍尔纳，还有罗赛蒂的弟弟威廉·迈克尔·罗赛蒂，一位有抱负的艺术评论家。

拉斐尔前派一成立，他们就建立了无比深厚的友谊。正如威廉所回忆道：

我们就像亲兄弟一样，常常聚在一起，毫无保留地分享自己在艺术和文学上遇见的问题和总结的经验。我们在信件上用"PRB"替代了绅士的称呼……我们每个月都会轮流在各个成员的家里或画室聚会；偶尔会去月光下散步，抑或在泰晤士河畔度过一晚。除此之外，每过几天就会有成员三三两两地随意找个理由聚在一起……我们有自己的思想，无拘无束地探讨我们的学习、抱负与实际行动。对每位拉斐尔前派成员而言，在其他成员的陪伴下，喝一杯茶或咖啡，酌三两杯啤酒，不管有没有烟抽，那都是一种"内心享受的奢侈"。那是我们的大好青春，我们互相陪伴，即使没人开创出自己的伟大事业，也可以沉醉在诗歌和艺术里狂欢作乐。

罗赛蒂在新模式下创作的第一幅作品是《圣母玛利亚的少女时代》，它来源于欧洲艺术的经典题材，但罗赛蒂称用了"更相似但是不平凡"的方式进行创作。他以自己母亲的形象创作圣安妮，以妹妹克里斯蒂娜为圣母玛利亚——因为"她的外表十分契合我的意图"。

罗赛蒂在亨特的画室工作时，一位来访者看见了画架上的画，称赞其为

16岁的克里斯蒂娜·乔治娜·罗赛蒂,其哥哥但丁·加布里埃尔·罗赛蒂作。这幅作品被赠予克里斯蒂娜的好友阿米莉亚·海曼。克里斯蒂娜的外祖父于1847年为其出版了诗集,这幅画与诗集中的插图几乎一模一样。

某种全新的表现。"太大胆了。这是一个男孩将原本的抒情主题融入画里的杰出表现。"

他拿水彩笔用水彩画的方式薄薄地作油画,他在画布上事先打上白色底子,然后等待它如同纸板一样光滑,使每一笔颜色都像透明一般。我立刻认识到他不是一个遵循正统的男孩,而是纯粹基于审美动机才这样做。他的天赋和对艺术的爱好让我一时闭嘴,而好奇心大增。

这位来访者是威廉·贝尔·斯科特,他是接受过古老传统教育的画家之一,赞赏拉斐尔前派作品中展现的革命性。这种罕见的技巧是在仍然潮湿的底子上使用鲜明的颜色作画,这样可以让颜色更鲜艳。这是一项耗时费力的工作,在不改变颜色的前提下,画家不可能通过反复涂抹来修正画作。

另一位年长的画家福特·马多克斯·布朗成为拉斐尔前派艺术家的密友与导师,他画的《乔叟在爱德华三世的宫廷》深受他们欣赏。此外,深受这种新风格吸引的年轻画家还包括沃尔特·豪厄尔·德弗雷尔、查尔斯·奥尔斯顿·柯林斯与阿瑟·休斯。

拉斐尔前派的成员都兴致勃勃。"关于死亡,我和亨特打算在我们熟人间建立一个互助协会。"加布里埃尔向威廉开玩笑道。

他们没有把自己看得太重。一晚,威廉给斯蒂芬斯用诗写信道:

威廉·迈克尔·罗赛蒂肖像，其哥哥于1853年4月作并赠予托马斯·伍尔纳。威廉·迈克尔·罗赛蒂负责拉斐尔前派的刊物《萌芽》的编辑工作，1874年与福特·马多克斯·布朗的长女露西结婚。

54岁的弗朗西斯·拉维尼亚·罗赛蒂肖像，其儿子作。按她自己的话来说，她"对智者充满激情"，并且鼓励自己的孩子在艺术和文学上做出杰出成就。

现在午夜12点已过，
加布里埃尔在他的凳子上打盹。
所以我会把这信搁置，
我亲爱的兄弟。我会尽快，
这不意味我已犯困，
因为我还有PRB的日记
等着我写……
亲爱的兄弟，我承认，
你满页的信将会值得
一个更好的回复。但
收下这首诗吧。把它看成一条
属于我所处的广阔圈子的曲线。
我会纳你进PRB里。
现在真的再见了。
我爱你就像你爱我一样，你的兄弟。

自1849年5月起，威廉被正式指派为记录员，负责记录拉斐尔前派的努力与成就。他们也曾有未成功的计划和未实现的梦想。成员们甚至去切尔西的泰晤士河旁看房子，打算建一个公共住宅：

1849年11月6日，星期二

它能提供4个不错的画室，每个画室配带一个卧室和一个小房间，小房间可以作为书房使用。这里还可以观赏极好的河景。租金是70英镑。晚上，我们（除了米莱斯）都聚集在伍尔纳家讨论这件事。加布里埃尔、亨特和我打算马上入住，斯蒂芬斯和柯林森打算明年4月后搬进来。我们同样想到了德弗雷尔。"PRB"也许会被写在门铃上，对于不熟悉这个圈子的人，它还表示"请按铃"的意思。炉子点不着，伍尔纳忙得不可开交。我们的话题又回到了刚刚结束讨论的这座房子，晚上的时候伍尔纳也很快加入到我们的话题中……我们提到要在杂志中删去所有涉及政治和宗教的内容。

但是事实证明切尔西的房子太大太贵了。四天之后，亨特在河边找到了一间小一点的画室替代，罗赛蒂也同样在牛津街后面找到了类似的地方。

11月10日，星期六

加布里埃尔在纽曼大街72号找到一所新画室，并且成功地把租金从30英镑砍到28英镑。

"我们的杂志"是《萌芽》[The Germ]。这是1850年初由拉斐尔前派艺术家及他们的朋友们出版的一部短命却具有历史意义的刊物。关于标题的命名引发了很多争论——"这很重要。名字里必须透露一些东西。"候选的名字包括"先兆"、"进步者"和"种子"。关于副标题，他们曾试探性地大胆使用"诗歌、文学和艺术中的自然思想"，并且威廉为封面写了一首解释性的诗：

上图 福特·马多克斯·布朗的《乔叟在爱德华三世的宫廷》局部：伍德斯托克的托马斯在菲利帕和凯瑟琳·罗特面前跟德·博恩夫人低语。托马斯的头部的模特是沃尔特·德弗雷尔，而凯瑟琳的模特是艾玛·希尔。

对页图 《乔叟在爱德华三世的宫廷》，福特·马多克斯·布朗1851年作。黑王子45岁生日时，杰弗里·乔叟在爱德华三世的宫廷朗诵。布朗认为但丁·加布里埃尔·罗赛蒂酷似乔叟，因此请他为画作主要人物做模特。

> 当人只要有丁点想法，
> 便会从内心思考清晰的答案，
> 不去理会他人的明暗，
> 不去把他人的新词来糟蹋……
> 不要去痛哭咆哮，"所以这就是全部？——
> 我本也有相同的想法与视角，
> 但我静默，因为它不值得深究！"
> 试问这就是真理？还是有待揭晓，
> 无论主题是一个小点或是整个地球，
> 真理是一个圆，完美、伟大抑或渺小？

《家中天使》的作者、诗人考文垂·帕特莫尔欣赏《萌芽》并慷慨捐资。他认为其中最好的作品是由克里斯蒂娜·乔治娜·罗赛蒂所创作。

克里斯蒂娜是罗赛蒂四兄妹中最年轻、最有天赋、最富有诗意的一个。不到20岁，她便与詹姆斯·柯林森订婚。《萌芽》收录了她最著名的诗歌之一——《歌》，该诗充满忧郁和散漫的特点：

> 哦！把玫瑰送给容光焕发的青春，
> 把月桂赠给年富力强的人们；
> 只需摘一根常春藤枝，
> 留给未老先衰的自身。
>
> 哦！将紫罗兰放在青年的墓上，
> 将桂冠献给盛年离去的死者；
> 我只要数片枯萎的树叶，
> 这是我未老之时的选择。*

《萌芽》收录了加布里埃尔的诗歌《被祝福的达莫塞拉》与故事《手与灵魂》，那是一个关于13世纪的意大利艺术家基亚罗·德莱尔马的故事。基

---

* 徐家祯译。

未完成的克里斯蒂娜·乔治娜·罗赛蒂肖像画（1857年），约翰·布雷特作。克里斯蒂娜用异乎寻常的欢乐诗意写道："我的心像一只会唱歌的鸟，它的巢在浇了水的嫩枝上。因为我的生日要到了，我的爱向我走来。"

亚罗是拉斐尔前派虚构的一位前辈，他绘画先求名声，后为超凡的信仰，但均失败了。随后他产生了一个幻想——"他的灵魂是一位美丽的女人"，这个女人把人性和神性融合到他的艺术中。

这是一幅小巧精致的图像，用文字勾勒出拉斐尔前派的理想：

女人身穿绿色和灰色的衣服，朴实前卫却又极其简单。她站着，双手轻轻地握在一起，眼睛热切地睁着。

尽管年轻一代的艺术家和作家已经注意到他们的作品，但到目前为止，拉斐尔前派尚未引起足够的公众关注。

诗人贝茜·帕克斯在给画家安娜·霍伊特的信中写道："如果可以的话，去看看《萌芽》。"

这是由一群疯狂的诗意青年在伦敦出版的小型出版物，他们大多自称为"拉斐尔前派"的艺术家，在一切事物中寻求"自然的朴素性"，寻找极致的朴素与柔和。尽管他们疯狂，但他们充满了真情实感。他们其中一员写了首优美的诗《被祝福的达莫塞拉》（这是什么鬼名字），十分值得一读……当然，他们的团体总会走到终点（他们其中一员还想挂一块黑板写上"PRB"！），但我对他们的组合充满期待。

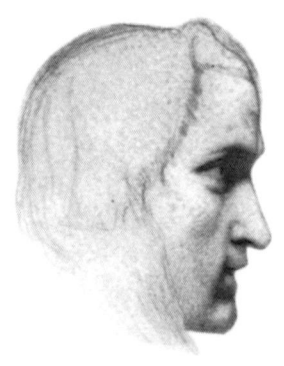 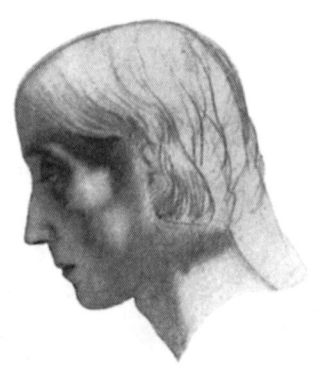

米莱斯所作《伊莎贝拉》（详见第 23 页）中的人物头像习作，极可能是以弗雷德里克·乔治·斯蒂芬斯为模特而作。济慈诗歌的主题之一是不分阶级的真爱，这是一种浪漫的理想，影响了几个拉斐尔前派成员的婚姻。

《伊莎贝拉》中服务员的人物头像习作，被认为是以皇家美术学院的学生为模特而作。艺术家对自然的绝对忠诚包括寻找与所描绘人物特征相匹配的模特，就同戏剧选角一样。

　　米莱斯的第一幅拉斐尔前派风格的画作是浪漫的《伊莎贝拉》，人物来源于济慈的诗歌《伊莎贝拉，或那盆罗勒》。他在其中插入了"PRB"首字母，位于签名之后以及伊莎贝拉所坐凳子的雕刻底座上。为画中人物做模特的是弗雷德里克·乔治·斯蒂芬斯和两位罗赛蒂（威廉为洛伦佐），米莱斯的嫂子玛丽·霍奇金森为伊莎贝拉。

　　寻找模特不是易事。当艺术家的工作室被认为是不道德的巢穴时，很难找到最好的女模特，并且她们也不愿意坐在那里。一位工作室的房东规定模特要受到绅士风度的维护，"因为有些艺术家为了卑劣的激情而牺牲了艺术的尊严"。有一次，加布里埃尔、威廉和伍尔纳出门去找米莱斯，他与亨特以及其他朋友正游荡在托特纳姆宫路寻找模特。他们看见一两个合适的人选，但是没鼓起勇气去搭话，担心让她们感到自己被当作妓女一样被搭讪，并觉得受到侮辱而报警。

　　罗斯金后来述及他们主题的精确自然主义：

每幅拉斐尔前派风景画的背景都是在户外一气呵成；每一幅拉斐尔前派画中的人物，无论何种神情，都是某个活人的真实写照；每个配饰都是由同样的方式绘制。

亨特总是非常认真地遵循这些原则。他的新作描绘了黑暗中世纪中一位基督教传教士从德鲁伊教中被解救出来的场景。如同拉斐尔前派期刊所记录，他去寻找可靠模特的情形：

3月25日，星期一

在一个德鲁伊头像模特的推荐下，他远行到巴特西旷野，追寻吉普赛人，因为他想寻找一些拥有一双好手、棕色皮肤且真正野蛮的女人。他发现自己完全摆脱了关于吉普赛人懒散之类老生常谈的观点，她们中有部分人长相非常出众。他找到一个完美符合克利奥佩特拉形象的美丽女人。她同意以每小时5英镑的价格当模特，但最终还是降到了每小时1先令，并确定会配合一整天。

另一个好模特是位年轻的女帽商，由德弗雷尔"发掘"，并且她梦想成为一名艺术家。

她身材修长，有着红棕色的头发和鲜明的肺痨面色，在早年她没有明显的不良健康迹象。她十分安静，很少说话。她读过丁尼生的诗作，她是在带给她妈妈的黄油包装纸上第一次接触他的几首诗……她的画很美，但是缺少力量。

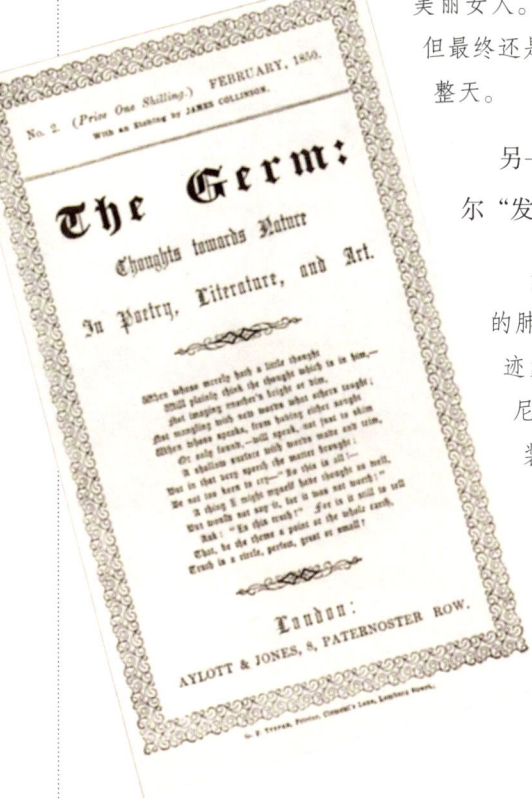

《萌芽》（1850年），短命的拉斐尔前派杂志。每一期包括一幅蚀刻画以及若干诗歌、散文和评论。因资金不足，只发行了四期。

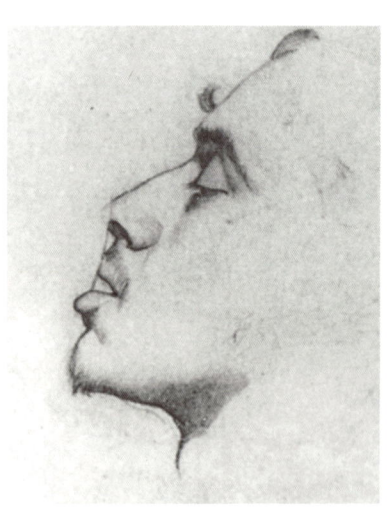

米莱斯《伊莎贝拉》中人物饮葡萄酒的习作,是以但丁·加布里埃尔·为模特于1848—1849年的冬天创作的。

济慈诗中女主人公"美丽的伊莎贝拉"的细节。作品的模特是米莱斯的嫂子玛丽·霍奇金森。

《伊莎贝拉》（1849 年），约翰·埃弗里特·米莱斯作，描绘了济慈诗歌开篇的场景。露台上生长着罗勒植物的陶罐有着不祥的悲剧恶兆。伊莎贝拉的凳子上刻着拉斐尔前派兄弟会的首字母"PRB"。

她就是伊丽莎白·埃莉诺·西德尔,被艺术家称为"西德小姐"或"西德",后来又被称为"莉齐"。她坐在德弗雷尔和亨特前,为《一个皈依的英国家庭庇护一位基督教传教士》和《维洛那二绅士》做模特。不久后,她便闻名于各画室。

她在米莱斯的画作《奥菲丽亚》中扮演主角,她在河上漂浮着,歌唱着死去(见第6页)。在萨里的金斯敦附近,画家找到画里的完美背景,在小河岸边的几棵柳树下,他为画添上花和枝叶。冬天回到画室里,莉齐被雇来为莎士比亚描写的垂死的女主角摆姿势。阿瑟·休斯回忆道:

西德小姐担任《奥菲丽亚》模特时有段艰难的经历。为了让画家精确描绘水中的衣服、找到合适的氛围、展现出水中的效果,她不得不躺在装满水的大浴盆里,下面放着灯,以保持水温均匀。在图画快完成的某天,画家没有注意到那些灯熄灭了。因为他全神贯注于作品,于是可怜的女士一直漂浮在冰冷的水中,直到快完全失去知觉。她因此患了重感冒,但她本人从未抱怨过这一点。她父亲写信给米莱斯,威胁他要为他的粗心大意赔偿50英镑,否则将提起诉讼。最终,这件事圆满解决。米莱斯支付了医药费,西德小姐很快就康复了,泡在冷水中没有对她造成什么影响。

在1849—1850年的冬天,拉斐尔前派艺术家更勤奋地工作,决心在即将到来的展览季中一鸣惊人。拉斐尔前派的日记里记录了他们的努力:

《奥菲丽亚》(见第6页)头部习作(1852年),米莱斯作,23岁的伊丽莎白·埃莉诺·西德尔是模特。威廉·迈克尔·罗赛蒂认为这是一幅精美的肖像画,展现了莉齐的脆弱之美及白皙透明的皮肤。

《我美丽的夫人》，威廉·霍尔曼·亨特根据托马斯·伍尔纳在《萌芽》的诗所作：……某天我看见我的夫人拔下一些溪边生长的野草，小心地带回家，然后夹在书里。

1849 年 11 月 1 日

早上加布里埃尔拜访米莱斯时看见他画的神圣家族。基督被钉子刺破了手（象征着被钉在十字架上），约瑟夫正在焦急地检查。约瑟夫向后拉着基督的手，他对此毫不理睬，而是用胳膊搂着圣母的脖子亲吻她。

11 月 24 日

加布里埃尔开始为《受胎告知》画草图。圣母要躺在床上，但是不盖被褥。这也许是出于对炎热天气的考虑。然后天使……将送给她一朵百合花。这幅画……将几乎全绘成白色。

1850 年 2 月 11 日的日记中记录道：

今晚拉斐尔前派在米莱斯家聚会，除了柯林森，人人皆到场。米莱斯说他已经完成图画中一些手、腿和脚之类的绘制，但是暂时不想给众人看。斯蒂芬斯由于模特不守时，尚未开始绘画［关于乔叟的《耐心的格丽塞尔达》］。

2 月 13 日

我［威廉·迈克尔·罗赛蒂］和加布里埃尔、伯纳德·史密斯三人与伍尔纳度过了一晚。他醉心于他的雕像。他给我们展示了借来的关于丁尼生的达盖尔银版照片。《公主》第三版已经出版了，我们周一时在米莱斯家看到了这本书，斯蒂芬斯买下了它。

《天使报喜》[原名《受胎告知》]习作（1850年），罗赛蒂作。显然画的是他的妹妹克里斯蒂娜，虽然她通常不当模特，而且她手臂看起来太粗了。

2月14日

亨特进展迅速。他在背景中加了两三个人物，接着是门口的两个暴徒，还有那个弯腰的女孩，然后开始画成排的甘蓝，接着画女主角（他把她从老人换成年轻人，以使椅子后面的女人显老），他现在正在画牧师的红色衣服。

莉齐·西德尔穿着粗糙的棕色粗麻布斗篷，为《一个皈依的英国家庭庇护一位基督教传教士》中的年轻女子摆姿势。

年轻小伙诺埃尔·汉弗莱斯用日记记录了为米莱斯画中的基督做模特一事：

1850年2月18日

四点钟的时候，我们收到了约翰·米莱斯先生（一位艺术家）的来信，提醒妈妈遵守承诺，让我去为他画的基督做模特。

2月19日

第一天我十点到达那里。约翰给我看了他的三幅画……最后一幅是我做模特的作品，跟圣经主题有关：基督在父亲的木匠铺里工作并且割破了手，施洗者约翰正拿着一盆水前进，这象征着洗礼。等到吃晚饭时，我已经从十点半坐到六点。我星期二和星期三都去了。那些日子的晚饭后，我玩了一些纸牌游戏。第一天，约翰开始描绘面部；第二天，他完成了脖子并开始画头发……

《一个皈依的英国家庭庇护一位基督教传教士》（1850年），威廉·霍尔曼·亨特作。作品描绘了被认为发生过的早期英国基督教徒皈依的场景，背景里有一些立着的石头和德鲁伊暴徒。

THE ILLUSTRATED LETTERS AND DIARIES OF
THE PRE-RAPHAELITES

拉斐尔前派
插画书信与日记

上图 威廉·霍尔曼·亨特画的肖像速写。左上是弗雷德里克·乔治·斯蒂芬斯,左下是但丁·加布里埃尔·罗赛蒂,右边是约翰·埃弗里特·米莱斯。

对页图 《圣母玛利亚的少女时代》(1849年),但丁·加布里埃尔·罗赛蒂作。展出时附带十四行诗说明主题和象征:"她的天赋是单纯的才智,还有极大的耐心。在她母亲的膝上,忠诚且神圣……就如同一朵天使浇灌的百合花……"

3月7日

早餐后我径直走到米莱斯先生跟前，最后一次为他当模特。他完成了双手并且想要模仿基督手上的划痕，于是刺破自己的手指来观察血的确切颜色，他用朱红、茜红色和深茜红绘制。

1850年3月，其余的拉斐尔前派成员都在想办法拯救《萌芽》，但最终失败了。"它最终坚持了四期，给我们留下一笔大约33英镑的账单……每天在学院前张贴布告和标语都毫无效果。《萌芽》注定要屈服于毁灭的命运。"

随着展览截止日期的临近，事情变得愈发紧张。威廉·迈克尔·罗赛蒂在4月7日的拉斐尔前派日记上记录：

这个早上我约好给亨特做模特。他本打算通过我画背景里飞着的僧侣的脑袋，但并非如此，我成了主要人物的手部和头部的模特……他先投入画玉米地，玉米地与外面僧侣的双腿相触；现在画布上没留下多少空白的部分；然而他短时间内仍有很多事要做……柯林森进来说自从我看了他的作品《给移民者的回信》后，他做了很多工作……加布里埃尔需要我帮忙给天使的头部做最后的修饰，我给他做模特直到很晚才回家，他用一些烈酒和氯化物在天使的脚旁画火焰。

4月8日，星期一

加布里埃尔去看米莱斯完成的画。除了要画圣母的头，他每天还要辛勤工作完成画的背景，还需要德弗雷尔帮他做一些事情。

此时好像威廉太过焦虑，因此拉斐尔前派的日记暂时停止。他们都在疯狂地工作。据说拉斐尔前派成员在聊天上花的时间比画画还多，贝茜·帕克斯称他们疯狂且有诗意，但这番话是出于欣赏，最后导致拉斐尔前派破裂的不是他们的疯狂，而是他们所遭受的猛烈批评。

"我们在前几个晚上重聚",罗赛蒂于1851年8月30日给德弗雷尔写信道,"除了画面上展现的那些人,还有大量同伴到来。但是画面填得太满会令人讨厌,我没有勇气把所有人画进来,并且我担心一些人可能已经变形得让人认不出来。"

第二章 遭受批评 UNDER ATTACK

1850年7月，拉斐尔前派恢复写日记的习惯，威廉·迈克尔·罗赛蒂对其间几周的事件进行总结。皇家美术学院展出了米莱斯的《基督在木匠铺》、亨特的《一个皈依的英国家庭庇护一位基督教传教士》和柯林森的《给移民者的回信》。但丁·加布里埃尔·罗赛蒂由于担心被拒绝，因此把《受胎告知》投到别的画廊，并重命名为《天使报喜》，该名字取自圣母玛利亚回答天使的开场白"我是主的使女"。

《基督在木匠铺》卖了350英镑，但同时引来许多非议，正如日记里所描述：

米莱斯的画作已经成为拉斐尔前派被彻底讨伐的信号。那些神秘字母及其含义被刊登在各类报纸上……这个名称已经臭名昭著，以至于一切隐藏都已结束。《雅典娜神庙》杂志对加布里埃尔展开严厉批评。他在一封信里作了答复，但是编辑认为不宜发表……《泰晤士报》《观察家报》《每日新闻报》，甚至狄更斯的《家常话》都将拉斐尔前派作为头条，认为他们属于地狱之神，其中对米莱斯的批评最属恶毒与大胆……至少，拉斐尔前派毫无疑问地成为当季热门话题之一。米莱斯画作的"坏名声"得到绝对权威的证实，因为女王派人把它从皇家美术学院的墙上取走。

遭受批评　UNDER ATTACK　　033

《基督在木匠铺》（1850年），米莱斯作。这位艺术家在牛津街附近的一家真正的木匠作坊里作画，那里摆着一张床，以便于他一大早就开始工作。

"我希望这不会对她的思想产生任何不良影响。"米莱斯听到女王的要求后跟亨特开玩笑。但这些批评让他感到震惊,其中包括指责他以如此现实的方式描绘神圣人物是种"图像亵渎"。这是"明显的叛逆",《泰晤士报》怒斥道:

这种把神圣家庭与木匠铺最鄙陋的细节联系起来的企图,这种对痛苦、肮脏甚至疾病的毫无遗漏,这种令人厌恶的详尽描绘,都极其糟糕;而且这幅画带着一种令人惊讶的模仿力量,在枯燥和自负的情况下,仅凭模仿技巧可能远远达不到所要的尊严和真理。

亨特的画作被批评抄袭了意大利文艺复兴以前"艺术初期所有令人反感的特点"(意料之外的赞美),而整个拉斐尔前派则被批评"莽撞、奇异、粗鲁……他们以此谋名声"。

正如前卫艺术家们所知,愤怒往往是成名的途径。但拉斐尔前派需要卖画谋生,恶意的批评导致他们经济受损。"亨特、加布里埃尔、柯林森三人的画卖不出去。"威廉沮丧地说道。

这也导致柯林森从他们的队伍中叛逃。作为一个皈依罗马天主教的人,与那些被指责亵渎上帝的圣徒"如果不是绝对地将他们的圣洁变为笑柄"的人为伍感到不安。因此,

《基督在木匠铺》的草稿,展现构图的演变过程。

"皇家美术学院画展开幕前一日"的场面(1851年),"米莱斯和我早早回到学院,并且拿笔描绘对手对我们的画作怒不可遏而其他人忙于完善自己作品的场景。"亨特写道。

查尔斯·奥尔斯顿·柯林斯的肖像画,威廉·霍尔曼·亨特于1852年7月作。1850年米莱斯提议柯林斯加入拉斐尔前派,亨特、罗赛蒂和斯蒂芬斯表示支持,但是伍尔纳和威廉·迈克尔·罗赛蒂表示反对。

沃尔特·豪厄尔·德弗雷尔的肖像画,1853年威廉·霍尔曼·亨特画肖像时他已患绝症。1850年德弗雷尔展出了《第十二夜》的一个场景,其中莉齐·西德尔为薇奥拉做模特。

他希望退出拉斐尔前派并希望不要有人劝他改变想法。确实没人劝他。

克里斯蒂娜被柯林森的决定伤得最深,随着他重新信仰天主教,他们的婚约也随之取消。他寄给她一首十四行诗,描述了他在爱和信仰之间的选择。克里斯蒂娜十分心碎。她的诗《记忆》中有三个诗节似乎是为了纪念她的不幸:

它活着,我把它放在怀里,
它死后,我把它深藏心底;
我静享独坐,尽管忧伤不已,
我依然独自一人,沉默孤寂。

没人知道我的选择,我依然坚守心中所选。
没人知道我的选择,我的心碎了一地。
我的偶像崩塌:我已坚定我的意愿,
遵从我内心一次,就一次。

两个女孩拥抱场景的习作，德弗雷尔作于1853年5月9日。艺术家死后由其姐妹带给斯蒂芬斯。这是一幅未完成的油画的习作，可能是以姐妹二人为模特创作。

> 我打破它；冷落它，
> 曾经的美好，已在我内心深处粉碎。
> 我的心一寸一寸死去；岁月如梭，
> 时光荏苒，我在其中无法自拔。

在填补拉斐尔前派空缺的候选人中，沃尔特·豪厄尔·德弗雷尔最合适。他曾是《萌芽》的合伙人。威廉·迈克尔·罗赛蒂称其"十分英俊并且很成功"，威廉·贝尔·斯科特夸赞他是"阳光向上的阿波罗"。不幸的是，德弗雷尔因患有肾病，未能实现自己的理想。

另一个伙伴是查尔斯·奥尔斯顿·柯林斯，他是作家威尔基·柯林斯的兄弟，米莱斯的密友。当时柯林斯正在画女修道院花园中的一个见习修女。画中的这些花"十分缓慢"地取自自然——牛津大学出版社的花园，并且"画一朵百合花就花了一整天"。米莱斯则专注于《鸽子回到诺亚方舟》，画里有一根橄榄枝，象征着希望和拯救，就同柯林斯画里见习修女的西番莲象征着奉献和救赎一样。此外，米莱斯还忙着画《玛丽安娜》，它取材自丁尼生的诗：

对页左上 《修女的沉思》（1851年），查尔斯·奥尔斯顿·柯林斯作。见习修女正对着象征奉献与救赎的西番莲沉思。柯林斯画得很慢："画一朵百合花就花了一整天。"

对页左下 《修女的沉思》中修女手上弥撒经书的细节。取材自伦敦约翰·索恩爵士博物馆中15世纪的《时祷书》，翻开的书页左侧是《天使报喜》，右侧是《耶稣受难》。

这屋子里整日朦朦胧胧,
门上的铰链都吱吱嘎嘎;
绿头蝇贴着窗玻璃嗡嗡,
发霉的墙板后耗子叽喳,
有时从缝隙还伸头窥探。
"我的生活多悲惨,
这人不来了,"她说道,
"我感到厌倦,厌倦,
我但愿死去了才好!"*

有一天由于模特缺席,米莱斯发现自己很不适应无所事事的状态。这故事与他的家庭有关:

> 他自然不喜欢工作如此被打断,并且他唯一思考的就是如何描绘诗句"发霉的墙板后耗子叽喳"……但是到哪找老鼠来画呢?米莱斯的父亲刚好走进门,他打算去村里找一只,但此时一只乐于助人的老鼠跑过地板,躲在一个文件夹后面。米莱斯闪电般地踢了文件夹一脚,移开文件夹的时候发现那只可怜的老鼠以一个十分适合绘画的姿势死去了。

罗赛蒂、斯蒂芬斯和亨特曾来到肯特郡的诺尔庄园。尽管英国的天气恶劣,他们还是努力在大自然中绘画。罗赛蒂给家里写道:

---

* [英]丁尼生:《丁尼生诗选》,黄杲炘译,外语教学与研究出版社,2014,第13页。

我昨晚来到这里，看来要在此度过一年里最荒唐的两周。湿漉漉的天气似乎很有规律……今早我和亨特一起外出寻找合适的绘画地点，虽然我找到了我想要的，但是我除了画出一张草图什么也做不了。在一阵极度痛苦之后，亨特和我被迫撤退，浑身湿透……因此，能麻烦你们把我的其他裤子寄给我吗？

"亨特画得很顺利，"他补充道，"实际上积水已经齐脚踝以上整整一英寸［2.54厘米］。"第二天的天气情况略微好转：

今日我开始在公园画画，并从群众观点中受益。有一个人告诉别人我在画地图。一个男孩因为冒犯我，怀疑我的风景画是为吸引鹿设计的而被人踢了一脚。我看见一个穿长筒靴、披常礼服的身影偷偷挤进来，有人告诉我那是阿美士德勋爵……这里不下雨的时候冷得很厉害，然后下雨也很讨厌。"除了赤裸裸的爱，还有什么能守护我呢？"——还有铁道边的小地毯。

亨特为《维洛那二绅士》完成了完美的林地背景——"地上覆满红色的秋叶"。罗赛蒂尝试完成一排间距比较小的树木，但由于潮湿和旁观者而放弃。这是他唯一一次尝试户外绘画。他垂头丧气，转而开始翻译但丁的《新生》以及其他13世纪意大利诗人的诗歌。

回到伦敦后，威廉·迈克尔·罗赛蒂开始接触福特·马多克斯·布朗，并就艺术和诗歌与之进行了辩论。一天晚上，他和伍尔纳以及几位老一辈艺术家聚在布朗的工作室里展开热烈的讨论：

会议的主题本来是双关语，但在凌晨1点左右，我们开始思考更轻松、更琐碎的事情，我和伍尔纳不得不为丁尼生和勃朗宁激烈辩护……与他们相比较的对象有拜伦、蒲柏等。

对页图　《玛丽安娜》（1851年），约翰·埃弗里特·米莱斯作。一幅关于女性禁闭的作品。这些窗户取材自牛津大学默顿学院，而雪花莲则是圣艾格尼丝的象征。

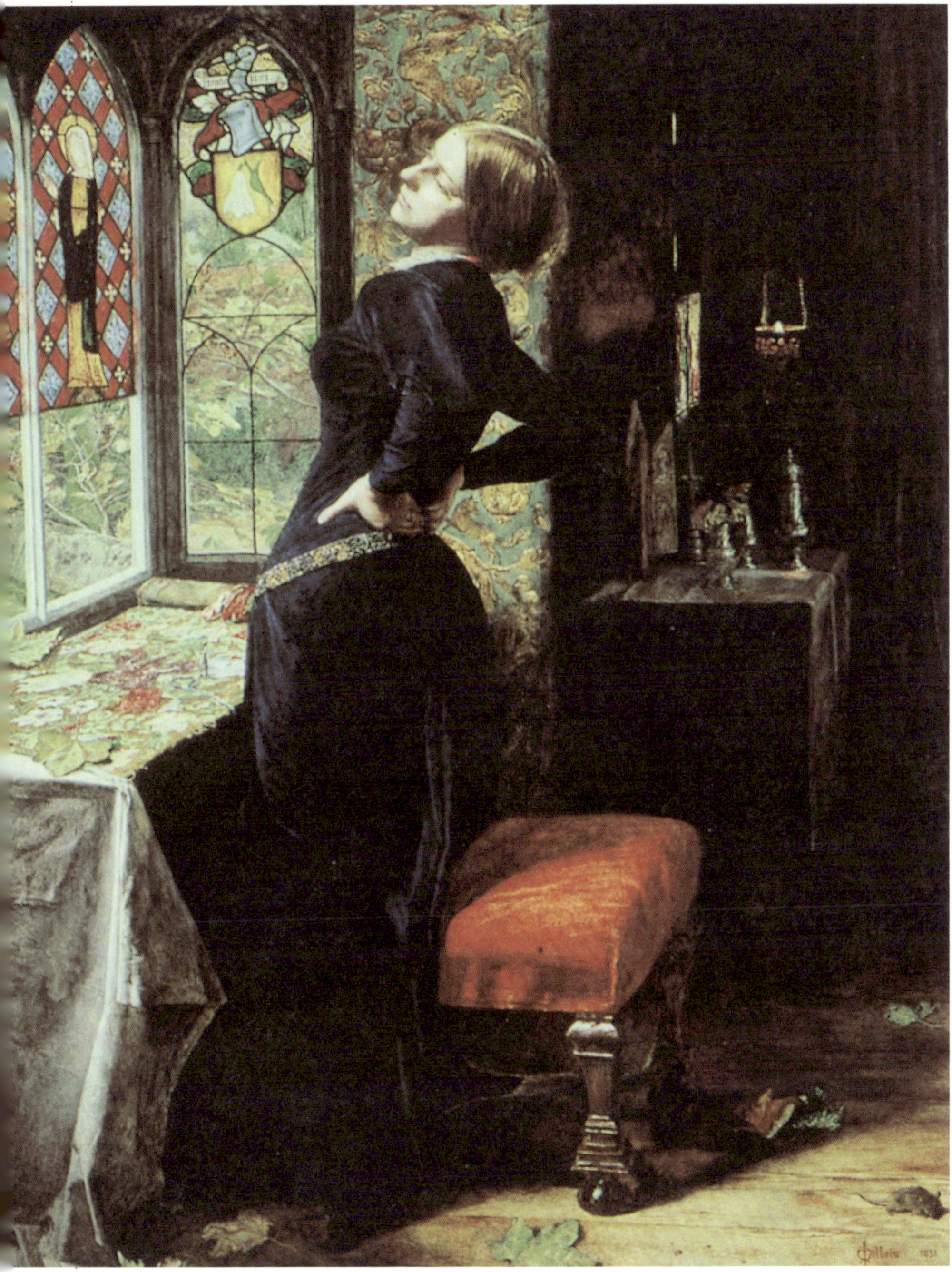

福特·马多克斯·布朗以弗雷德里克·乔治·斯蒂芬斯做模特的习作，为耶稣在最后的晚餐上为彼得洗脚的场景而创作。画面上耶稣最初赤裸到腰部，然而人们对此感到惊讶，于是布朗后来为其添上衣服。

在绘画中，布朗已经转向新的模式，尽管他的风格始终保持独特。他正在努力完成《乔叟在爱德华三世的宫廷》，他还记录了一篇拼写不规范的工作日记：

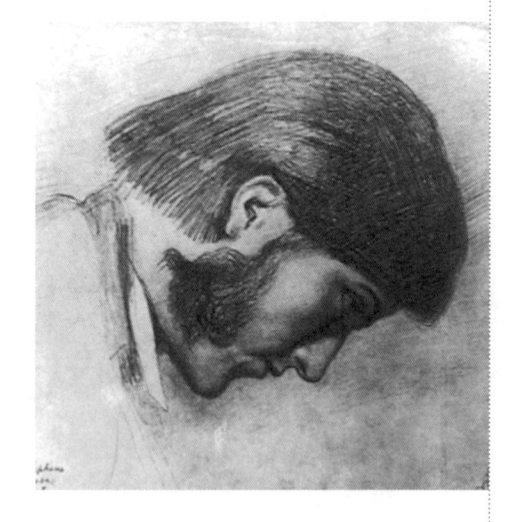

为了完成学院的任务，我每天都努力工作，一周至少通宵整整三个晚上，每晚仅仅盖着衣服躺几个小时……晚上11点，加布里埃尔·罗赛蒂开始给我当模特让我画乔叟，我画画时他就坐在我旁边的脚手架上。凌晨4点我们才完工……他的弟弟威廉是个吟游诗人。

当看见亨特完工的林地场景的色彩时，布朗赞叹不已。"我亲爱的亨特"，他写道：

如果我不写信告诉你你的画有多么高贵，我就无法平静地度过今晚。尽管米莱斯作品中有种别人未曾企及或永远得不到的品质，但我觉得整个英国没人可以画得比你更好。如果罗赛蒂只专注工作的话，你们可以组成三人组，你们会在英国艺术里画下浓重一笔……我真希望今晚可以见到你，现在我满脑子都是你的画，我想跟你握握手。

他甚至想宣布自己对拉斐尔前派的效忠：

今年我曾认真考虑过加入拉斐尔前派。但首先我已经太老了，至少人们会认为我不能再装傻了；其次我对作品［关于乔叟的画］不太有信心，除非我特别喜欢，否则我不会这样做；不过最好的反对理由其实是，与其公开宣

左上　艾玛·希尔的肖像习作，福特·马多克斯·布朗于1848年圣诞节时创作，那时艾玛刚给福特做模特不久。

左下　布朗画的三岁的女儿凯瑟琳·马多克斯·布朗。凯瑟琳继承了父亲的艺术天赋，1870年在他画架上画的布朗肖像画受到赞美。

右上　布朗于1847年12月5日画的女儿露西·马多克斯·布朗。露西受到玛丽亚·罗赛蒂的教导，后来她自己也成为一名艺术家。

右下　福特·马多克斯·布朗29岁时的自画像。"一个神气活现的年轻人，脸上充满洞察力和决心。"威廉·迈克尔·罗赛蒂如此写道。

布同盟，不如我们现在这样更好地为彼此服务。

　　布朗的下一个作品是在最后的晚餐上《耶稣为彼得洗脚》，米莱斯的《基督在木匠铺》和亨特画的英国家庭似乎给他带来了不少启发。在把作品送去皇家美术学院的前两周，布朗绝望地想放弃，但是米莱斯说服他继续，随后布朗

　　画了彼得、耶稣和约翰的头部……还有其他使徒的人物形象，一切都在十天内完成并按时送了过去。

　　之后，布朗责备米莱斯的"湿白技法"["wet white" technique]是个坏建议，然而亨特觉得是太匆忙才导致的斑纹效果。

　　布朗的第一任妻子伊丽莎白不幸早逝，留给他一个女儿露西。1848年，他和一位叫艾玛的年轻模特展

亨特作品《瓦伦汀从普罗丢斯那里救下西尔维亚》的局部，林地背景取材于肯特郡的诺尔庄园。"亨特做得很好，"伍尔纳于1850年11月5日评论道，"描绘大地被红色秋叶完全覆盖。"

《瓦伦汀从普罗丢斯那里救下西尔维亚》（1850—1851年），威廉·霍尔曼·亨特作。拉斐尔前派系列作品之一，描绘了诱惑或暴力对女性美德的威胁。作品主题来源于莎士比亚的《维洛那二绅士》。

《草甸上的女孩》（1851年），也称为《野餐场景》，约翰·埃弗里特·米莱斯作。这幅钢笔速写可能暗示其对《春天》的构想（见卷首插图）。

开恋情，随后生下女儿凯瑟琳，多称为凯茜。艾玛性情温和，但缺乏教育且有点愚昧，她为布朗画里很多女性人物做模特，包含乔叟作品里的公主。1853年两人结婚，一定程度上是为了保密，避免未婚先孕的事情被揭露。艾玛被送去接受教育和提升礼仪，学习如何做淑女；之后她扮演了妻子和女主人的角色。

罗赛蒂把他的意大利译文寄给丁尼生，后者抱怨他带着例如"calm"［冷静］和"arm"［手臂］这些词的"伦敦腔韵脚"。他之后开始画一幅表现但丁在天堂遇见碧翠斯的作品，并且和德弗雷尔一起搬去红狮广场的画室。1851年1月，拉斐尔前派为了挑选新成员而会面，但最终未达成一致。他们还采用了更正式的决定：

通过了每月的第一个星期五举办会议的决定；如果违约要罚款；在年底对每位成员的艺术行为进行回顾；明确记录这本日记成为义务……

考虑到拉斐尔前派的名字所带来的误解，米莱斯开始质疑沿用这个称呼是否得体。我们决定每个人写一份宣言，声明自己接受名字的意义，下次会议时一起宣读。

下一次的会议如期举行，但没有人宣读宣言，也没有新成员入选。

1851年初，皇家美术学院展览季时拉斐尔前派成员都很惶恐，担心再次遭到猛烈批评。结果批评如期而至。亨特写道："去年批评的风暴如今已成为飓风。"根据《雅典娜神庙》报道：

罗赛蒂描绘但丁在碧翠斯的逝世纪念日上画天使的场景（1849年），并把画送给拉斐尔前派的兄弟米莱斯，以此交换他的作品《玫瑰丛中的恋人》（见第9页）。场景取自罗赛蒂所认同的但丁自传《新生命》。

米莱斯先生取材自丁尼生的《玛丽安娜》和另一作品《鸽子回到诺亚方舟》所描绘的场景再度展现出他以往的变态……亨特先生画的取自莎士比亚《维洛那二绅士》的场景让原作蒙羞。

《泰晤士报》继续批评道：

那群自称为"拉斐尔前派"的青年艺术家奇奇怪怪、精神紊乱、眼神怪异、荒谬不减。

它还继续道：

我们不能容忍对远古时代狭隘风格、错误视角和粗糙色彩的卑躬屈膝的模仿。我们不想看到……脸要么肿得像中风，要么瘦得跟骷髅一样，色彩好像跟从药店里借来的罐子一样，神色跟漫画一样夸张。

它接着攻击了艺术家们描绘的"诺亚方舟阁楼两旁的干草、西尔维亚零星的灌木林中的棕色叶子和寺院花园里长得整齐的蔬菜",认为他们用的是"错误技巧"。

但并非只有批评声。威廉·迈克尔·罗赛蒂参观完画展后记录道,米莱斯的《玛丽安娜》"是女性最喜欢的作品,其中一位还称其为画展中最好的作品"。5月10日,他们得知,他们刚拜读过的《威尼斯的石头》的作者约翰·罗斯金不仅想买那幅《鸽子回到诺亚方舟》,还亲自写信给《泰晤士报》为他们辩护。

罗斯金宣称米莱斯和亨特:

努力以最高的完成度描绘他们在自然中的所见所闻,从不参考传统或既定的规则,绝不模仿过去时代的风格。他们的作品素描精细、色彩绚丽,是皇家美术学院里最好的。

他接着写了第二封信,总结道:

因此,我衷心祝愿他们一切进展顺利,并真诚地相信,如果他们能耐心谨慎地在追寻的路上保持所展现出的勇气和精力……随着他们经验的积累,他们可能会在英国奠定一个300年来世界上前所未有的高尚艺术流派的基础。

几天后,伍尔纳得知托马斯·卡莱尔的议论,"他们谈论的拉斐尔前派被说成照本宣科",随后赞许说,"现在看来,他们这样做有一定的道理和真诚"。

这标志着拉斐尔前派命运的转折点。亨特、布朗和罗赛蒂在米莱斯的画室碰头,商讨下一步应该怎么做。他们一致认同罗斯金的信帮了大忙,但是不确定贸然亲自去道谢是否得体。

由于缺席展览,一切的赞美和批评皆与但丁·加布里埃尔·罗赛蒂无关。

对页图 《世界之光》(1853年),威廉·霍尔曼·亨特作。这是拉斐尔前派最著名的作品之一,它传遍世界,很多家庭都有它的雕版复制画。

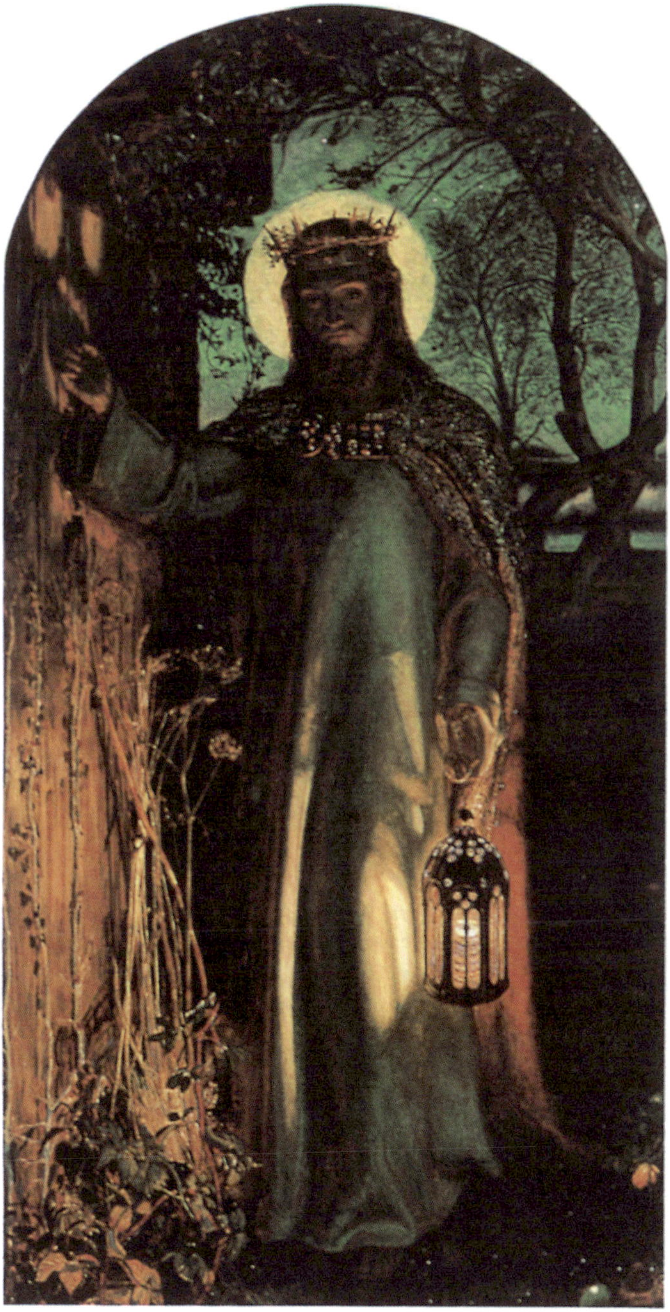

他在拉斐尔前派里的领导地位也因此遭到削弱。他搬进布朗的画室开始了新的主题——画乔托的但丁肖像画和碧翠斯首个死亡纪念日上的但丁。这是多年来一直困扰着他的主题。"加布里埃尔的画作有所进展,"威廉记道,"但我从来没见过。因为他讨厌工作时被人查看或询问。"

亨特、米莱斯和柯林斯怀着巨大的成就感在萨里农场的小屋里暂住下来,开始画新的作品。米莱斯开始写日记:

考文垂·帕特莫尔建议我写日记。我立刻开始。今天是10月16日,我专注于我的作品[《圣巴塞洛缪日的胡格诺派》]。画旱金莲时,我看见一只白鼬跑进花园墙上的洞里。我走上前去,想努力通过模仿耗子的吱吱声引诱这个小野兽出来。出乎我意料的是,我成功了。它探出半个身子看着我的脸,让我触手可及。

拉维尼娅(房东太太的小女儿)保证会绝对保持安静,于是我允许她坐在我身后的箱子边缘看我作画;她抱怨她的座位太冷了……大姐范妮也过来看了看。她告诉我她母亲说,大概六点差一刻的时候,"有个长腿的家伙G. E. M. 对着他自己的晚餐吹口哨。"

三天之后他继续写道:

期待和罗赛蒂一起,但他从来不来……我去了教堂。布道很不错……

右图 米莱斯的《圣巴塞洛缪日的胡格诺派》(1852年)中旱金莲的细节。拉斐尔前派作品中的自然细节往往因其植物学上的精确性而受称赞。

对页图 米莱斯的《圣巴塞洛缪日的胡格诺派》。场景设定于1572年,通俗地结合了关于浪漫爱情、宗教完整性和英国民族主义的主题。多年来,米莱斯一直被追问:"你为什么不再给我们画一幅《圣巴塞洛缪日的胡格诺派》这样的作品?"

遭受批评　UNDER ATTACK

《晚餐中的长腿约翰·米莱斯》（1853年），由他的弟弟威廉作，并题字"拉斐尔前派的捍卫者在狼吞虎咽"。

发现两个佣人（女孩）——都很好看——我想让她们中的一位给我的画当模特……她们都很愿意，显然期待着这一段风流韵事。

除了画年轻的胡格诺派拒绝佩戴天主教徽章以逃避圣巴塞洛缪日大屠杀的画外，米莱斯还在继续画《奥菲丽亚》。1851 年 10 月底，他在画一只老鼠，是从农场捕获或射杀中挑出来的。令他失望的是，它看起来要么像一只溺水的小猫，要么像一只微缩版的狮子；最终，它被抹掉了。天气更冷了：

10 月 29 日

早餐后开始画墙上的常春藤。非常冷，我的脚湿透了，每隔一段时间我就要走进室内去厨房的炉火旁暖暖脚。我一直工作到四点半，然后把所有的捕捉器拿回来，接着读丁尼生的《纪念》。

11 月 4 日

早上冷得可怕，下雪了。我决定在画画的地方弄点保护措施，以免受天气影响。早餐后我亲自监督改造我的小屋——小屋由四个栅栏组成，像一个岗亭，外面覆盖着稻草。我住在里面就像"鲁滨孙·克鲁索"一样，稻草能很好地御风，但刚开始还是给我带来了不便，因为画作上稻草、灰尘和稻壳纷飞……今晚我们走在果园里（月光很美但冷得可怕），我为亨特提着灯，他想画背景前先在月光下看看效果。

亨特雄心勃勃地创作一幅名为《世界之光》的基督画像。画中耶稣是位夜间来访者，正敲着一扇代表人类心灵或灵魂的门。这是一种虔诚的举止，正如他告诉威廉·贝尔·斯科特：

我画这幅画不仅仅是因为这是一个好主题，而是我根据我所认为的神的指引来画的，尽管我不配。

亨特也在果园建了座小屋。他整夜坐着，画着"完美的如鳞般的月光倾泻在歪曲的苹果树干上——树枝的影子投射在草地上。"

这两幅画——米莱斯的《奥菲丽亚》和亨特的《世界之光》——奠定了两位艺术家的声誉，成为他们最著名的作品。

辱骂结束了。米莱斯跟他最喜欢的顾客托马斯·库姆说："人们最好现在买我的作品，因为我现在为名声作画。等过几年，我就该为妻子和孩子而作画了。"没想到米莱斯戏言成真，事情发生的时间比他的预期早多了。

《在帕特阿姨家》，查尔斯·奥尔斯顿·柯林斯作。牛津大学出版社的托马斯·库姆（汤姆叔叔）和他的妻子帕特夫人是拉斐尔前派早期的忠实赞助人和朋友，尤其喜爱米莱斯、亨特和柯林斯。在这幅速写中，库姆先生坐在桌前，米莱斯坐在地上。

第三章 埃菲

EFFIE

罗斯金给《泰晤士报》写信后留下足够的时间以"确保我们不会在任何程度、任何形式上影响作者的判断,米莱斯和我联名写信感谢他的赞赏。"亨特写道。

第二天,约翰·罗斯金夫妇驾车来到米莱斯家,他们见到了我的朋友。一阵寒暄互表欣赏后,他们把他带到了他们在坎伯韦尔的家,并邀请他和他们一起住了一个星期。

在那里,米莱斯在谈话中所展现出的对一切事物的浓厚兴趣和少年朝气,使他"在几天内就变得像一位多年密友"。

那是1851年的夏天。"我和罗斯金一起吃了晚餐和早饭。我们成为很好的朋友,他甚至希望我这个夏天陪他一起去瑞士。"米莱斯记录道。但他当时致力于在英国寻找风景画的背景,直到第二年罗斯金的父亲参观皇家美术学院的展出后,他们才重建友谊。1852年5月4日,老罗斯金写信给米莱斯:

昨晚回家后我脑子里全是《奥菲丽亚》,我写信给我儿子,大概是告知以下内容:没有什么可以比米莱斯先生的《奥菲丽亚》更符合莎士比亚的风格了,而且整个人物——包括持久漂浮在水面上的裙子——都带着一种精致,我从未在画布上见过如此事物。在她最可爱的面容上,纯真中夹杂着疯狂,欢喜里渗透出哀愁。

《格伦芬拉斯瀑布》(1853年),米莱斯作。"每天但凡天气好,我们就去瀑布的岩边作画,一起吃晚饭。罗斯金太太带来了她的工作(缝纫),再没有比这更令人愉快的了。"他写道。

约翰·埃弗里特·米莱斯肖像画，威廉·霍尔曼·亨特于1853年4月12日作。当时拉斐尔前派成员聚集在一起，互相画彼此的肖像画并寄给伍尔纳。弗雷德里克·乔治·斯蒂芬斯先从米莱斯"最漂亮的头部"开始，但是失败了，便由亨特来完成这幅精彩的画作。

　　上一个冬天，罗斯金和他的妻子埃菲去了威尼斯。在那里，他们融入上流社会，罗斯金为《威尼斯的石头》收集资料。他们及时回家正好看到《奥菲丽亚》和《圣巴塞洛缪日的胡格诺派》，并且发现米莱斯已经在创作他的下一幅作品了。

　　我有一个想马上着手开始的主题。昨天我在一间令人愉悦的小客栈里住了下来，它正好坐落在符合我画中背景的地方。（他6月9日开始画《被禁的保皇党人》时给朋友写信道）我希望周二上午开始作画，并且打算在完成后再回城里。

　　这幅作品是《被禁的保皇党人》，描绘英国内战期间，一对在古老橡树树干旁相遇的命运多舛的恋人。作画地点位于肯特郡的布罗姆利附近。"我在这里等待一个阳光明媚的日子，为树干做最后的修饰。"米莱斯在10月份写道。

　　虽然没有透露姓名，但场景中的人物可能来自温琴佐·贝里尼的当代意大利歌剧《清教徒》，该歌剧讲述了分别属于圆颅党的埃尔维拉和骑士党的阿图罗之间的浪漫故事。

逃亡骑士恋人的亮丽缎子长袍是在阳光下绘制，一位名叫安妮·瑞安的漂亮专业模特为这个人物做模特。保皇党人的模特是艺术家阿瑟·休斯，他回忆道：

> 那晚米莱斯过来坐在我旁边时，我正在皇家美术学院的图书馆里翻看一些蚀刻画的书，身前摆着一些提埃坡罗的作品……他看了看提埃坡罗的作品，然后马上批评它们"花哨、做作，我不喜欢这种东西"。然后他问我能不能为《被禁的保皇党人》中的人物头部做模特。我去帮忙了五六次。他在高尔街房子二楼的小密室里给我画画，而不是在一楼的普通画室里。因为这样他可以让阳光照在穿着像清教徒女孩的人体模型上……当我看到这幅画时，我冒昧地评价说，我觉得这位女士的衣服颜色很鲜艳，但他说这是阳光的问题；这件衣服是贵格会教派［Quakery］的，但阳光照在上面使它像金子一样。

米莱斯在户外遮阳棚下作画的场景，亨特在家书中的一幅速写。

米莱斯的下一个作品是《释放令》，背景设定在 1745 年。也许是因为想起了埃菲·罗斯金的苏格兰血统，他让她为雅各宾派的女英雄做模特，这位女英雄为她的丈夫争取到了出狱的机会。除了人物的头发因绘画目的而加黑外，画像与人物表情都很精致，表现出"最微妙的情感融合——精明、胜利和爱，以及对狱卒权力的恐惧和对自己成就的自豪"。

帮米莱斯做模特的经历让埃菲印象深刻，正如她告诉其母亲：

他发现画我的脑袋和画其他人的一样非常困难，昨天晚上他非常高兴地说知道怎么画了！他画得又慢又细，像他这样工作的没人能比他画得更快了。

之前米莱斯一直在辛苦工作。"过去四年里我几乎没什么娱乐活动，"他对一位朋友说，"我已经准备好了，等我的作品一送去皇家美术学院，我立马跟你去挪威或北极。"最后他接受了罗斯金的邀请，一同前往苏格兰。埃菲给她的父亲写信道：

约翰和这位拉斐尔前派成员的谈话内容会让你觉得很有趣。他们似乎觉得一切都是唾手可得的，并且嘲笑我准备了一大篮子的雪利酒、茶和糖果。

她还说，米莱斯被认为"十分英俊，除他的天赋外，你可以想象他是如何被追求的"。

在诺森伯兰待了几天后，罗斯金夫妇和米莱斯的兄弟约翰和威廉（一位才华横溢但相当懒散的艺术家），来到布里格·奥特克附近的格伦芬拉斯度假。

米莱斯受委托画一幅罗斯金站在瀑布边的肖像。关于所选的绘画地点，罗斯金写道：

对页图 《被禁的保皇党人》（1853 年），米莱斯作。另一幅描绘浪漫爱情因政治分歧而受到阻碍的作品，没有《圣巴塞洛缪日的胡格诺派》那么具有煽动性。"圆颅党与骑士党"是维多利亚艺术和文学中的一个备受喜爱的主题。

埃菲 EFFIE

《释放令》的水彩习作,米莱斯作,背景设定在雅各宾派于卡洛登被击败的1745年。"整个上午我都在画一条狗,在吵闹方面只有孩子才能超过它,"这位艺术家写道,"没有什么能超过他们所承受的保持耐心的考验。"

《越过边境进入苏格兰》，威廉·米莱斯于 1853 年 6 月 30 日所作的漫画。画中他的兄弟站在左侧，沃尔特·特里维廉驾着四轮马车，罗斯金（戴着高顶礼帽）在后面的马车上探出身。

这是一块可爱的被磨损的岩石，上面有水泡、杂草和苔藓，陡岸还有一块高耸的黑色峭壁；我将静静地站在那里向下看着水流，就像我过去常常连着做几个小时的事情一样。

在这个工作假期里，米莱斯玩得很开心。"今天我们去了教堂，"他在 8 月的一个星期天写道：

沿着小溪愉快地向瀑布走去，一直走到一个 70 英尺［21 米多］高的瀑布边，我们在那里洗澡（我和兄弟）。他站在激流下，被水冲刷的背部一定像士兵被九尾鞭抽那样折磨严重。这些高山河流提供了最舒服的洗浴场，非常安全和清澈，就跟水晶一样。它们如此诱人，不脱掉衣服跳进去就只是走过去是完全做不到的……

罗斯金对自己和埃菲在格伦芬拉斯住的教师小屋的速写，出自其在 1853 年 9 月 30 日寄给父亲的信。

天气好的时候,我们有极大的乐趣:我们在岩石上画画,并把晚餐带去享用;夜晚我们爬上陡峭的山峦锻炼身体,罗斯金夫人一直陪伴着我们。

唯一的缺点是蠓虫叮咬,它咬得很厉害,让我们觉得是"无法忍受的",导致我们的绘画也常常被抛在一旁。但我们在一幅小画布上描绘了一个经典场景:埃菲坐在一条小溪边的岩石上,忙着手里的针线活,裹得严严实实,以抵御昆虫。

下雨时他们就待在室内,打打羽毛球,或听埃菲讲述苏格兰的历史故事,比如《罗伯特·布鲁斯和蜘蛛》,米莱斯在速写中无情地嘲笑了这些故事。他还读书。"如果你有空闲时间,"他对一位朋友说:

去看看罗斯金《威尼斯的石头》的最后两卷,写得比他之前的所有作品都好。他是个不知疲倦的作家。

但如果说罗斯金是不屈不挠的作家,那么作为丈夫的话,他就不太令人满意。米莱斯两兄弟很快就发现了他对埃菲的忽视和不尊重,并对此感到不安。他们给她起了个绰号叫"伯爵夫人",这是半认真的恭维,并逐渐注意到他们夫妻之间存在很大的婚姻压力。

此时,约翰·罗斯金和埃菲·格雷已经结婚五年,他在订婚期间表露的无限爱意——"我的埃菲——我体贴

《伯爵夫人当理发师》,米莱斯于1853年7月25日创作的关于埃菲帮他剪头发的速写。此时米莱斯24岁,埃菲比他几乎整整大一岁。

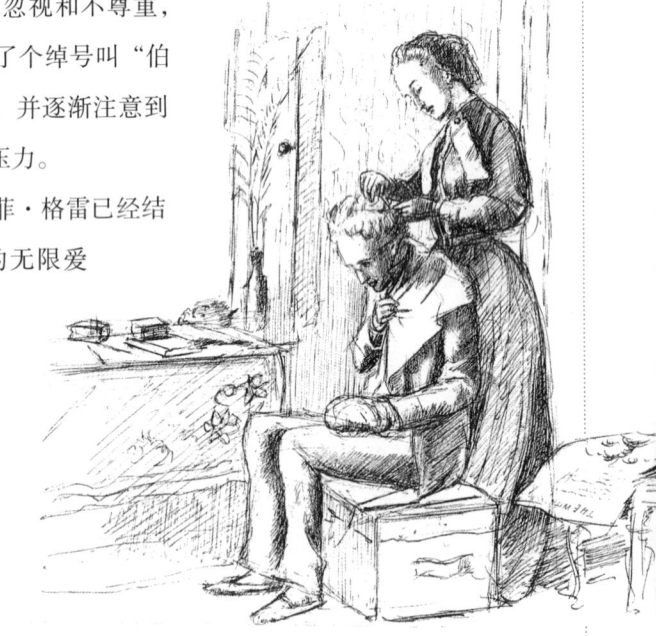

山间小溪漫过威廉·米莱斯和约翰·罗斯金的脚踝，约翰·米莱斯绘的速写。两人似乎都拿着结实的手杖。

的埃菲——我的女主人——我的朋友——我的王后——我亲爱的——我唯一的爱"——如今已经变成冷漠和抱怨。

罗斯金的父母同意他的观点，指责埃菲铺张浪费，没有扮演好妻子的角色。她继而开始觉得自己像他们的囚犯，受到鄙视和监视。更让她不快的是，她没有孩子，因为罗斯金拒绝跟她发生性关系。正如她后来向父母解释的那样：

回到1848年4月10日我结婚的那天。正如你们所知，我去了高地——没有人告诉我已婚者彼此之间的责任，并且我对这种世上最亲密的结合中的关系知之甚少或一无所知。几天来，约翰一直在跟我谈论这段关系，但声称无意让我做他的妻子。他列举出各种各样的原因——不喜欢小孩子、宗教信仰因素、希望我保持美丽，最后直到去年他才告诉我真实原因（这对我而言和其他的原因一样可憎）。他认为所看到的我和他想象中的女人完全不同，他之所以没有让我成为他真正的妻子，就是因为在4月10日的第一个夜晚，他就厌恶我这个人。

埃菲所说的厌恶她这个"人"指的是她的身体，她那热爱艺术的丈夫似乎从未意识到真正的女人是长有阴毛的。当她开始了解更多时，她向他引用了《圣经》里对生育的支持。

然后他说建立这样的关系是罪恶的，如果不能用邪恶来形容我的话那至少我是疯了。而且养育孩子的责任对我而言太大了，因为我完全不适合抚养他们。这些都是一些事实——你们可以想象我经历了什么。

米莱斯不知道这些细节,但还是对罗斯金对待埃菲的方式感到不适:

> 对我而言,他为什么厚颜无耻、毫无目的地结婚就是个谜。我必须承认,在我看来,他除父母外似乎什么都不在乎,这使得他对妻子挑剔的傲慢更加明显……他以寻根究底的方式记录下所有可能成为对妻子抱怨借口的事情,这是我所听说过的最没有男子气概、最卑鄙的行为。但即便如此,这与他那让她不得不忍受的令人恼火的孤僻性格相比,也算不了什么。

但是,尽管埃菲的困境触动了米莱斯的心,他也不想转移她的感情。他最希望的是:

> 我可能最终对他们彼此的处境有所帮助,因为这打断了他们生活中既定的沉闷,任何改变都对他们所处的生活(我更愿意说是她所忍耐的生活)有所裨益。

然而当在高地的假日结束时,米莱斯和埃菲实际上已经陷入了爱河,但是彼此看不见未来。正如她向父母解释的那样:

> 因为无论他多么希望关心我、帮助我,他都会感到一种不可替代的痛苦;虽然他会尽量不去感受,但这会损害他的独立自主。作为一个新画派的创始人,他的品格当之无

上图 "六点和米莱斯出门,在他工作时帮他撑着伞,朝着正南方往下看着小溪。"罗斯金在日记中写道。

对页图 在格兰伦拉斯一条溪流旁的岩石上的约翰·罗斯金,米莱斯作(1853—1854 年)。这幅肖像画的绘制充满了情感和技术上的困难。

埃菲 EFFIE

《圣艾格尼丝之夜》(1854年)，米莱斯作，用以描绘丁尼生关于一位临终修女的诗：修道院屋顶上的积雪很深，在月光下闪闪发光；我的呼吸像蒸汽一样飘向天堂，愿我的灵魂紧随其后！

愧地高人一等，在这个国家处于崇高的地位。因此如果这一声誉受到丝毫损害，那将是一种持久的悲哀。对他而言，我们之间完全避开是一件非常重要的事情，你们可以告诉他，不要认为这是自私的，而是迫切需要的……事情可能会有转机，但他现在不能犹豫。

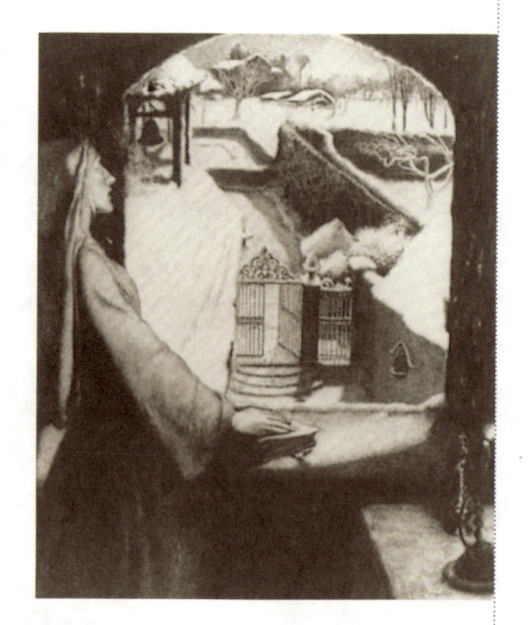

对米莱斯来说，他很难承受情绪上的压力。他写信给亨特：

我多希望能睡上一年，然后醒来发现一切都跟和你住在克利夫兰街时一样。那时你在纠正饮食习惯，我们每晚都慷慨激昂地谴责鲁本斯和那些古董——那是快乐的时光。

埃菲的家人认为，罗斯金一家人故意把她和米莱斯捆在一起，就是希望她能感到屈辱，从而使罗斯金能够合法地分居或离婚。在伦敦的冬天里，她的处境变得越来越困难。她年轻的妹妹过来留宿，罗斯金一家的敌意与日俱增。埃菲写信给她的父母：

他告诉苏菲他在观察我所做或所说的一切，因此我不可能去谈论最重要的事情……他们的目的是摆脱我，让约翰再次回到他们的怀抱。

她声称他们计划：

要厌恶我到一定程度来迫使我，或者让我陷入困境。约翰一直在试图通过嘲弄我让我写信给米莱斯。他接受了《圣艾格尼丝之夜》等画作，它现在挂在我面前。然后他说:"我不是还在给他写信吗,如果他给我寄画会有什么害处呢"——我说这幅画是他的,也是我的,如果他愿意的话就把它寄回去……除非等到我不得不征求父亲的意见,否则我不可能把一切都告诉你们。

事实上,埃菲正在寻求其他建议,并了解到无性的婚姻不具有法律约束力。正如米莱斯向格雷夫人暗示的那样:

我对法律不太了解,不知道除了分居是否能做到更多,但我认为你应该好好研究一下这件事。

不知怎的,埃菲设法在信件没被别人打开的情况下与家人沟通。3月7日,她清楚明了地写信给父亲,详细描述了自己的婚姻史,并请求他的帮助。

因此我只想告诉你们,我根本不认为我是约翰·罗斯金的妻子——我恳求你们帮助我摆脱那种在他面前不自然的处境。

她伤心地补充道:

如果他一直保持善良体贴,那我就算保持着处子之身老去死去我也认了,但是除这种残暴外,他多次让我难堪——他威胁说希望有一天能粉碎我的灵魂——就在昨晚,当我大喊着让他走开时,他说他非常想打我。

《爱》,米莱斯为出版于1857年的《19世纪的诗人》所作的插图。

"据我所见，我有最好的理由对一切与未来有关的事情心存感激。"1855年埃菲给一个朋友写信道，"婚礼将非常安静。"

"我想他可能不会反对我的抗议，"她总结道，"事实上，他能吗？"

她没有弄错。4月的时候埃菲离开伦敦，和母亲一起向北旅行。那天下午，罗斯金收到了她的结婚戒指、房子钥匙和一份请愿书，请求以性无能为由撤销这段婚姻。

几周后，埃菲回到伦敦进行医学检查，证明她确实是处女，没有任何"因她而妨碍婚姻圆满的过错"。1854年7月，她的婚姻撤销申请正式获得批准。正如她所猜测的那样，罗斯金感到宽慰而不是愤怒；他又感到自由了，并且很快认同了父母的观点，认为埃菲是个诡计多端的拜金女。

米莱斯已经六个多月没见到埃菲了。他在德比郡画画时听到了"我这辈子收到的最好的消息"。他立刻写道：

我看不出还有什么可以阻止我现在给你写信，所以我不会再等了……因为没有人对你们所经历的考验如此感兴趣，也没有人对这幸福的结局感到如此高兴……你可能一直因为完成了自己的职责而感到高兴，因为你为约翰·罗斯金比为自己做了更大的贡献。

《等待》,米莱斯作于1854年。这片阳光明媚的树林被解读为女孩和艺术家未来希望的象征。

他继续以几乎难以置信的语气写道：

去年的这个时候，发生这种事的可能性似乎比月亮落下还要小，现在你又是格雷小姐了。如果你能看见我，我相信你会同情我的，因为我晕头转向得写不出常理的话了……

我整天都在户外画画，或者更确切地说是假装画画——这样我就可以远离我的朋友，安静地思考这个奇妙的变化。回伦敦前我必须见你一面，前提是你愿意邀请我。哦！伯爵夫人，再次见到你我该会多高兴啊，我现在只能想到说这些了，剩下的需要你发挥想象了。

但埃菲让米莱斯等着。情感上的压力已经让他整整一个展览季一事无成——1854年他没展出任何作品——但现在他首先要设法完成罗斯金的肖像画，然后把注意力转向新的画作。

他在德比郡画了一幅小画，画的是一个女孩坐在石墙中间的阶梯上，后面是一片阳光普照的树林。这幅画被命名为《等待》，也象征着他如今的状态。他在伦敦目睹了消防队员在托特纳姆宫路救火的场景，于是开始画《救援》，描绘消防员把孩子们救到安全地带的场景；这幅画的名字同样有象征意义，与埃菲的解脱相吻合。这幅画是1855年展览季中的名作之一。

最终经过一段适当的休息调整后，埃菲·格雷和埃弗里特（即米莱斯，她更喜欢这样称呼他）宣布订婚。"我亲爱的老朋友，"米莱斯在5月22日给亨特写道：

自从上次给你写信以来，我一直念叨着下周一定要给亨特写信了。所有跟皇家美术学院有关的匆忙和兴奋都结束了，但我发现我一直在拖延，直到我发现我绝对有必要第一个告诉你，上帝保佑的话我下个月就要结婚了……自从我上次写信以来，我曾去珀斯看她，那真是一次奇怪的会面……自从在

对页图　"一幅充满美而没有主题的画"是米莱斯对《秋叶》的描述（1856年）。

埃菲 EFFIE

伦敦生活过以后，她自然不会喜欢再回来，而且我更担心那段日子将永远活在她的记忆里，进而会影响她的灵魂，但是时间会回答一切……好吧，这当然是个奇怪的悲剧，但我希望她能有一个好的结局……我是在一堆拜访者上门时抽空写下这封信的……所有的伦敦人现在都知道我的婚姻，并且用"我此生做过最好的""最高尚的""最卑鄙的""最厚颜无耻的"等之类的词来评论它。

7月3日，他们在珀斯的格雷家举办婚礼，从此过着幸福的生活，最终养育了八个孩子。他们在一起的最初几周，合作完成了米莱斯的作品《盲女》。图画展示了一个可怜的乞丐和她未眼盲的妹妹仰望着一道灿烂的彩虹，这幅画是他1854年开始动工的。正如埃菲在日记中所写：

1854年秋天米莱斯在温切尔西［位于萨塞克斯郡］绘制了这幅画的背景，画了珀斯的一些野花野草，并完整地画完人物。首先我为失明的女孩做模特。阳光从书房的窗户洒进来，这真是种糟糕透顶的折磨。幸好我用一块布遮住了额头，这让我松了口气，但好几次我都感觉我快要生病了……［另外］有两天我坐在户外，埃弗里特画完面部后又觉得不满意，于是在今年的晚些时候又把它刮掉了……头上的方格花呢长披肩是爸爸的，六角手风琴是普林格莱先生借给我们的，他家里只有他的独生女儿弹奏它。

《为爱而结婚》（1853年），这是米莱斯结识埃菲之前所作的一系列现代生活主题之一。她后来复制了这幅画，这似乎是他们婚姻的预兆。

表现米莱斯和埃菲的漫画设计（皇家纪念奖章），被赠予埃菲的母亲。上面"EVER"［埃弗］是米莱斯中间名的简写，比起"约翰"，埃菲更喜欢这样称呼他。

最终为画中两姐妹做模特的是当地女孩玛蒂尔达·普劳德福特和伊莎贝拉·尼科尔。

最后除了伊莎贝拉的小脚外，所有的内容都画好了。他首先让她赤脚，后来又让她穿上靴子。他说他还想要一条琥珀色的衬裙。离他进城（伦敦）还有不到一周的时间，我不知道该怎么办。我去布里真德买肉时，第一眼就看见一个老妇人身上正好穿着我想要的东西。我来到我的养鸡女吉恩·坎贝尔家中说："吉恩你认识那个女人。请你跑去问她是否愿意把她的衬裙借给我。"晚上的时候吉恩去了，她骂骂咧咧说米莱斯太太要她的旧外套干什么，它很脏。但是我不介意，我借走了两天，还给她时还给了她一先令，这让她很高兴。

1855 年米莱斯开始画另一幅美丽的作品《秋叶》，也是在埃菲的帮助下在苏格兰完成的。她的姐妹苏菲和爱丽丝为其中的两个女孩做模特，玛蒂尔达和伊莎贝拉为另外两个女孩做模特。这幅作品的灵感来自诗篇《我的年日如烟云消散》中的一句话，正如亨特回忆的那样，米莱斯经常沉思这一场景的辛酸：

有什么比燃烧的树叶的气味更好闻吗？对我来说，没有什么能让我回忆起逝去的美好日子：它是夏末向天空献上的熏香，它给人带来了一种快乐的信念，即时间会给逝去的一切留下平和的印记。

关于最后一点，埃菲可能也是同意的。

第四章 现代生活与爱情
MODERN LIFE AND LOVE

威廉·迈克尔·罗赛蒂已经几个月没写日记了,1853年1月他记录下拉斐尔前派日记里的倒数第二篇。他去了曾经约定好在斯蒂芬斯家举办的拉斐尔前派聚会,但是:

除了我之外一个人都没有。亨特必须利用好晚上的月色在门口画他作品里的基督;加布里埃尔在亨特家;米莱斯没什么异常。

威廉补充说他和加布里埃尔现在在黑衣修士桥附近有间公寓,那里可以俯瞰泰晤士河。他继续道:

刚才这句题外话是不合适的,因为我不应该忽视这样一个前提,虽然拉斐尔前派的教义和兄弟情谊一如既往地真实,并可能会继续下去,但是拉斐尔前派已经不会了,它已经不同往常,不再属于社交范畴了。拉斐尔前派的会议已不再神圣——事实上已经被废弃了;这或许也可以解释为什么斯蒂芬斯家的聚会几乎没人参加。而且我发现这些附在纸上的庄严规则如今读起来就像个笑话。事实上,这证明了卡莱尔所说的……口头制定目标是对目标的一种破坏,因为……自从这些规定在秘密会议上被通过的时候,拉斐尔前派在这些方面的衰落就已经开始了。

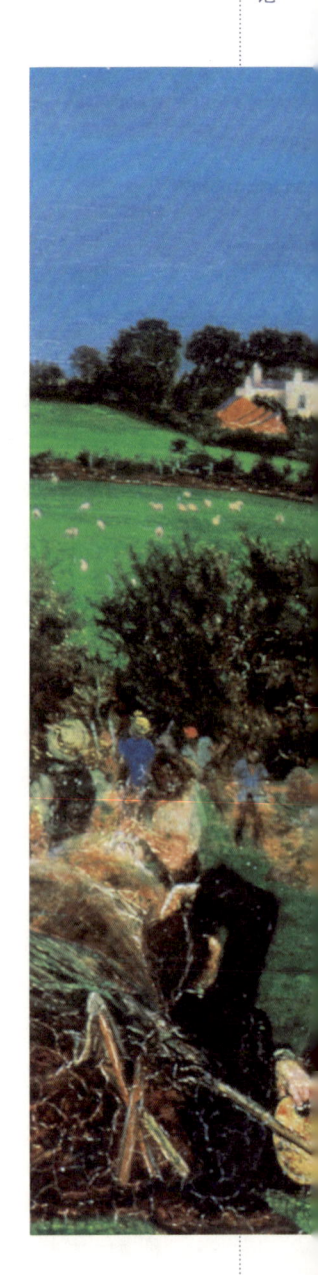

现代生活与爱情 MODERN LIFE AND LOVE

《干草场》（1855年），福特·马多克斯·布朗作。作品描绘了仲夏时节亨顿草地上的黄昏，当时布朗就住在那附近。他本人坐在画中前景的位置，带着调色板、颜料盒和折叠遮阳伞。1856年，威廉·莫里斯买下了这幅画。

拉斐尔前派中唯一的雕塑家托马斯·伍尔纳肖像，罗赛蒂作于1852年7月，就在伍尔纳动身去澳大利亚的不久前绘制。

因此拉斐尔前派日记的记录工作废弃了。大概十周后，加布里埃尔、威廉、亨特和斯蒂芬斯一起在米莱斯的画室里吃早餐，互相画彼此的肖像画，并打算送给伍尔纳，这是他们最后一次合作。

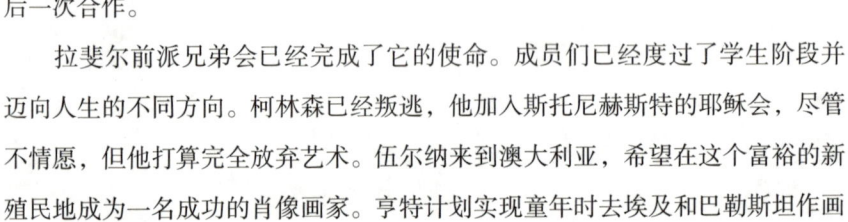

拉斐尔前派兄弟会已经完成了它的使命。成员们已经度过了学生阶段并迈向人生的不同方向。柯林森已经叛逃，他加入斯托尼赫斯特的耶稣会，尽管不情愿，但他打算完全放弃艺术。伍尔纳来到澳大利亚，希望在这个富裕的新殖民地成为一名成功的肖像画家。亨特计划实现童年时去埃及和巴勒斯坦作画的梦想。米莱斯还在为作品《被禁的保皇党人》和《释放令》努力工作，作品的成功为他在当年晚些时候当选迄今备受鄙视的皇家美术学院的准成员铺平了道路。

加布里埃尔写信告诉克里斯蒂娜最后一件事，并引用丁尼生的句子"所以现在整个圆桌会议都解散了"。和父母暂时住在

伊丽莎白·西德尔，1854年6月2日作于黑斯廷斯，罗赛蒂的精美画作之一。布朗在罗赛蒂的画室里看到了"满满一抽屉"的精美作品。

萨默塞特的克里斯蒂娜作出回应，在一首打油诗中写下了拉斐尔前派的墓志铭，除此之外还取笑她的兄弟——加布里埃尔拒绝参展，威廉放弃艺术而选择新闻业：

> 拉斐尔前派兄弟会正在衰败，
> 因为伍尔纳在澳洲炖排骨汤，
> 亨特向往着基奥普斯的国邦，
> 罗赛蒂在躲避粗俗者的眼光，
> 他弟弟蔑视哥哥的英语诗章，
> 说那简直就是科普特的语言。
> 斯蒂芬斯午夜抽着烟斗沉思，
> 一心渴望着出人头地的黎明，
> 还有那位伟大的斗士米莱斯，
> 他的画终于得到美院的青睐，
> 陶醉于和皇家美院成员齐名。
> 因此河流势必汇成永久的大海，
> 过分成熟的甜果势必掉下树枝，
> 兄弟会也这样达到了全盛时代。*

加布里埃尔在河边的新公寓里写信给伍尔纳为自己辩护：

蓓尔美尔街的冬季展上展出了我的两幅但丁风格素描——你知道其中一幅是在海格特画的，另一幅《青年但丁》是我日后打算画的……为了介绍碧翠斯……我引用了《新生命》里的一段话。因此我认识了但丁青年时期所受的影响——艺术、友谊和爱情——以及体现这些影响的真实事件。

碧翠斯的水彩肖像绘制于海格特——第一版《碧翠斯拒绝但丁的问候》——显然做模特的是加布里埃尔现在深爱的伊丽莎白·西德尔。在翻译但丁因突如其来的浪漫体验而作的一首十四行诗时，他表达了某种感情：

---

* ［英］威廉·冈特：《拉斐尔前派的梦》，肖聿译，江苏教育出版社，2005，第77页。文中略微改动。

但丁的形象习作，罗赛蒂作于1852年左右。"我在威廉·霍尔曼·亨特在切尔西的住处待了两三天，为他作品中的一个头像做模特。"威廉·迈克尔·罗赛蒂回忆道，"与此同时，我的兄弟想让我也为他做模特，我猜是为了但丁的头像。"

现代生活与爱情　MODERN LIFE AND LOVE

077

《给移民者的回信》(1850年)，詹姆斯·柯林森作。场景设置在一个贫穷家庭，他们在探讨关于移民问题的热门话题。移民让许多年轻的英国人在澳大利亚、新西兰和加拿大开始了新的生活，这标志着柯林森的风格从传统转向拉斐尔前派风格。

伊丽莎白·西德尔的水彩肖像画（1854年），罗赛蒂作。"一张脸从他所有的画布上向外看，"克里斯蒂娜·罗赛蒂写道，"像月亮一样美丽，像光一样令人愉快……不是她现在的样子，而是当她实现他梦想时的样子。"

当爱向我靠近时
在我心里，已很久未曾触及；
它骚动我的心，美丽而甜蜜……

然而，只有几个朋友知道他的秘密；罗赛蒂不敢公开表达自己的爱意。有一次，威廉·贝尔·斯科特未提前通知就上门拜访，他仅仅把莉齐当作一个普通模特对待：

我发现自己在浪漫的黄昏里……与罗赛蒂和一位我不认识、也很少见面的女士面对面。他没有介绍她，她站起来准备走。我微微鞠了一躬，她没理我，然后她离开了。这是西德尔小姐。我说不出为什么他不把我介绍给她。

之所以选择坐落在黑衣修士桥的画室，部分是因为莉齐的家就在河对岸。而且它离威廉在斯特兰德街的办公室就几步远，威廉在那当政府职员。正如罗赛蒂告诉伍尔纳，它还有别的吸引点：

你无法想象拿这些房间开派对会有多愉快，它们通常延伸建到河里，四周有窗户——水面上还有一个大阳台，大到足够让模特坐在那里然后进行绘画——这正是几天前我在恶劣的天气下历时几小时的壮举。

可能这个模特就是莉齐。通常他称呼她为他的"学生"，因为现在在罗赛蒂的指导下，她一边做模特一边学习绘画。

他想让福特·马多克斯·布朗来看她的画，但布朗却一反常态地不喜交际。"你星期六能来吗——白天来当然最好，晚上来也总比不来好。"罗

皮帕走过了（1854年），伊丽莎白·西德尔作。一幅关于勃朗宁戏剧诗的插图，该诗以14世纪的阿索洛为背景，展示皮帕遇见街头"放荡女人"闲聊的遭遇——这是对维多利亚时代卖淫的间接评论。

赛蒂某次曾这样徒劳无功地请求道。后来：

> 我想对你提出建议，如果你希望保持现在的孤僻，摆脱《李尔王》里埃德加的角色，当有人跟你通信的时候直接回答"吼吼吼吼"[Fee fi fo fum]或者"皮利科特坐在皮利科特山上"（指胡说八道或一些废话），这样或许可以更快地切断跟人的交流。

布朗喜怒无常，情绪低落，饱受贫困和责任的折磨。他的女儿凯茜现在两岁了，虽然他在经济上能养活她和艾玛，但他没钱结婚，因为这意味着要盖房子，要接济艾玛贫穷的亲戚。他们在伦敦南部住了一段时间，布朗在那里创作了他第一幅真正意义上的拉斐尔前派风格油画。他在户外明亮的阳光下绘画，画面拥有惊人的非传统构图，描绘了一位年轻的母亲和她的孩子在天空下高高地站着：

> 我的画室与花园齐平，艾玛为女士做模特，凯茜为孩子做模特。在过去的每个早上，通常卡车都会从克拉帕姆运来寻常的羔羊和绵羊。而某一天早上，其中一只把花园里的花都吃光了。

此时有个温柔的作品是《等待：1854年至1855年的英国炉边》：艾玛在灯光下缝纫，而凯茜正枕着她的膝盖熟睡。

《爱的寓言》(1850年),罗赛蒂作。这或许是他最早画莉齐·西德尔的作品,并预示了他们未来艺术上的合作关系。

布朗随后搬到了汉普斯特德的一间画室,在那里他开始创作他的"移民作品"《最后的英格兰》。他的灵感部分来自时事性的主题,部分来自自身的沉闷和焦虑情绪。他解释说:

它讲述了1852年达到顶峰的大移民运动。受过教育的人与文盲相比,前者与国家的联系更紧密,文盲主要考虑的是食物和物质上的满足。因此,为了呈现离别场景最悲惨的发展,我会从中产阶级中挑出一对夫妇,他们受过教育,拥有良好的修养,能够理解他们现在所放弃的一切。而与此同时,由于经济上的压力,他们又不得不忍受"不分级别"的大船上所带来的不适和羞辱。丈夫沉浸在希望破灭和告别一切追求的痛苦当中。年轻妻子的悲伤就要轻缓一些,或许仅限于和早年间结交的朋友们告别的不舍。她爱的圈子随着她移动。

这种情绪在技巧上有所反映:

光天化日之下,细微之处是显而易见的,我认为有必要加以模仿,因为它能让旁观者更清楚地感受到这个主题的悲伤。

艾玛先和坏脾气的羔羊在烈日里站了很久,接着又在阴凉的地方坐着。"1853年年初,我花了六个星期来画《最后的英格兰》。"

布朗写道：

艾玛在最无情的天气里给我做模特……我主要是在户外画画，当时地上堆满了雪花。

艾玛的忠诚得到了回报。1853年4月，他们结婚了。为了纪念这一时刻，作为见证人之一的罗赛蒂用墨水画了一幅艾玛的烛光肖像——这与他六个月前为布朗画的肖像素描相配套。

后来那个夏天，罗赛蒂把莉齐单独留在黑衣修士桥，自己投入自画像的创作中。在写信给威廉谈论租金时，他补充道：

我想告诉你，我不在的时候莉齐会留在黑衣修士桥画画。因此，不要让任何人靠近这个地方。我告诉过她要把门锁好，她有时可能会睡在那里。

回来后他告诉布朗，她画的肖像画堪称一个"完美的奇迹"，她现在打算画一幅跟丁尼生有关的作品。可能莉齐画的是一幅素描作品，表现的是夏洛特女郎在镜子破碎、命运被注定的时刻：

福特·马多克斯·布朗为《最后的英格兰》所作的构图设计。

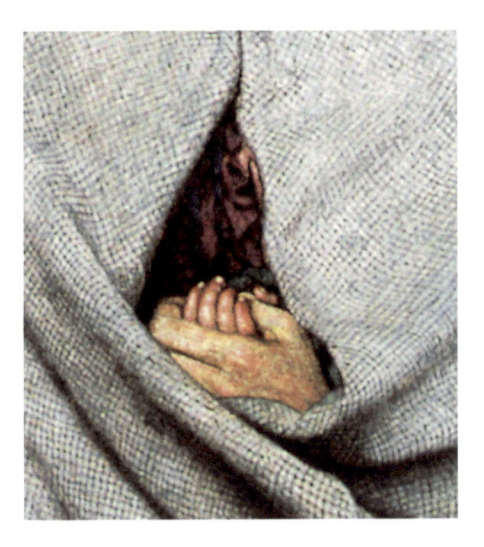

布朗的《最后的英格兰》（1855 年）的细节图。展现了婴儿的小手被裹在年轻妻子的披风里。

罗赛蒂画的艾玛·马多克斯·布朗的肖像，于 1853 年 5 月 1 日在烛光旁绘制，那时她刚结婚不久。

> 那网顿时飞起来朝外飘，
> 那镜子一裂两半就碎掉，
> 她喊道，"我呀已在劫难逃"——
> 她是女郎夏洛特。*

在以如此非同寻常的方式融入艺术家的圈子后，莉齐迈出了大胆的一步。她在八个兄弟姐妹中排行老二，在伦敦长大，住在父亲开的五金商店的楼上。她的父亲是来自谢菲尔德的专业刀剪商。在做女帽制造商的时候，她萌生了艺术抱负，并因此来到了拉斐尔前派的画室。据一则报道，她首先向沃尔特·德弗雷尔那当设计学院院长的父亲展示了自己的第一幅作品，后来被介绍给拉斐尔前派的成员。他们都好心对待她，但只有罗赛蒂认真对待她的梦想。然而同

---

* ［英］丁尼生：《丁尼生诗选》，黄果炘译，外语教学与研究出版社，2014，第 47 页。

现代生活与爱情　MODERN LIFE AND LOVE

《美丽的咩咩羔羊》(1852年),福特·马多克斯·布朗作。画名取自年轻母亲对受惊的孩子说的话。

布朗一样，他没钱结婚——至少现在是。莉齐看起来很娇弱，经常染病。罗赛蒂认为，如果她能在艺术领域有一个良好开端，"这会比任何事情都更有可能对她的健康产生积极影响。"正如他所写：

有时我看着她工作太累或因病无法工作，我就会想到有多少人的天赋或伟大精神不及她的十分之一，却身体健康并拥有大量机会，这让我感到难受……也许她的灵魂永远不会绽放，她明亮的头发永远不会褪色，但在几乎无法摆脱堕落和腐败之后，她本来可能成就的一切，都会徒劳地消失在她出生的那座黑暗房子里。她可能会真诚地说"没人在意我的灵魂"。我也担心，我所写的东西不会让你轻易相信，但显然，这都是我的肺腑之言。

他称她为他的"神鸽"，并在信中画鸟的头来代替她的名字。他们就跟情侣一样，采用了可互换的宠物名。她叫他"古格"[Gug]——也许是从小婴儿凯茜·布朗对"加布里埃尔"的发音尝试中模仿而来——而罗赛蒂作为回应称莉齐是他"最亲爱的小古格"[dearest Guggums]。布朗来到查塔姆广场时，看见罗赛蒂的一堆素描作品，他真是：

一个接一个地画出美妙可爱的"小古格"，每一个都有新的魅力，每一个都有不朽的印记。

有时他们会互换角色，罗赛蒂给莉齐做模特让她画他。他的"指导"通常是最温和的。1854 年

另一幅罗赛蒂画的关于莉齐的精美画作，完工于 1860 年他们结婚的时候。那时莉齐病得很严重，似乎不能起身去教堂。

3月,他在给布朗的信中写道:"莉齐坐在我身边,做着最富有诗意的设计,向艾玛和你表达她的爱。"

那年3月,克里斯蒂娜第一次见到莉齐,她用诗歌勾勒了一幅端庄虔诚的肖像:

> 她像鸽子一样倾听
> 倾听着它孤单的爱人;
> 她像鸽子一样倾听
> 倾听着它唯一的爱人。
>
> 她那鸽子般的眼睛低垂
> 娇嫩的脸颊带着几丝羞涩
> 心跳加速,如同鸽子的脉搏扑动
> 她深情地听他诉说着。

1853年9月,罗赛蒂给莉齐做模特,艺术家和模特的身份互换。"亲爱的,聪明的莉齐,快回来吧……让我为你画些新的画打破尴尬。"他于1856年写道。

THE ILLUSTRATED LETTERS AND DIARIES OF
THE PRE-RAPHAELITES

对页图 《发现》（1854年，未完成），罗赛蒂作。这是"堕落女性"系列中的一幅作品，是拉斐尔前派针对那个时代人们对卖淫和明亮城市灯光诱惑的担忧所作出的回应。网住小牛的网象征着抓住女人的罪恶之网。

右图 《写在沙滩上》（1859年），罗赛蒂作。虽然背景不是在黑斯廷，但这幅水彩画似乎描绘艺术家和心爱之人在海滩的微风中散步，男人正在用手杖画女人的侧脸。

5月罗赛蒂和莉齐来到黑斯廷。他们一起在海滩上散步，在悬崖上漫步。罗赛蒂在沙滩上画出了莉齐的侧脸，并在石头上刻下他们名字的首字母缩写。其他日子他们坐在租的公寓里看书、画画。

1854年皇家美术学院展出了亨特的作品《觉醒的良心》，意在使其成为《世界之光》的非宗教的现实生活对照物。它的主题是——对松散的性道德的悔恨——与当代人们对卖淫这"巨大的社会罪恶"的担忧相呼应。莉齐也画了一幅关于这个主题的画，描绘了勃朗宁戏剧诗《皮帕走过了》中的一个事件。罗赛蒂受到启发后开始着手早先构思好的主题，描绘一名年轻的乡下人带着一头小牛来到市场，黎明时发现街头拉客的妓女是前任恋人的场景，并将作品命名为《发现》。

罗赛蒂确定了自己的构图后，花了几个星期的时间，一砖一瓦地画了一堵栩栩如生的墙。然后住进在芬奇利的布朗家，以便画一头属于附近农民的小牛。

罗赛蒂作于 1855 年 9 月 20 日的自画像。"星期天我拜访了勃朗宁一家,如果莉齐去佛罗伦萨的话,我想把她介绍给他们。"他一天前写信给布朗。"他要来看我,我借来莉齐的《皮帕走过了》给他看。"

布朗本人正致力于画当地的风景和作品《最后的英格兰》。他在那个秋天的绘画日记记录下事件的进展,还包括来自克里米亚战场的新闻:

10 月 5 日

带露西回学校,顺道去拜访罗赛蒂。他们一家都很好,卡姆登镇没有霍乱。加布里埃尔应该在黑衣修士桥工作,威廉从康沃尔和奥斯坦德回来。从克里斯蒂娜那听来的第一条新闻就是塞巴斯托波尔沦陷了——我们都生活在什么时代啊。

10 月 6 日

深夜洗完澡去田野,下雨了,撑着雨伞在大头菜旁浪费了大约一个半小时。[为了画《运送谷物》]

11 月 6 日

画《最后的英格兰》里艾玛的头。(花了 5 个小时)

11 月 8 日

同样为画自己的头而努力工作——把宝宝画在了一个婴儿的手里,搞得一团糟——再次画头部画到天黑。整个晚上都是凭感觉画的——加布里埃尔在画小牛的头。(花了 10 小时)

尽管他很喜欢罗赛蒂,但一种紧张感开始显现出来。12 月 2 日,布朗写道:

今天没有工作。伍尔纳昨晚在这里吃饭。我和艾玛出门去了亨顿,和我

们的杂货店老板斯马特商量暂时不给他钱、赊账的事……看到加布里埃尔画的小牛非常漂亮，但花了太多时间。他日复一日为了微小的进步而无休止地修正。一直以来他都穿着我想要穿的外套、我的一条马裤。除了食物，我还提供给他无限量的松节油。

12月4日，他回到家中，发现罗赛蒂吓唬凯茜说"会把她放进火里"：

> 我们一进去，他就开始说"那个混蛋孩子"——我打断他："我之前告诉过你，我不想让你叫我的孩子混蛋，过来辱骂一个人的孩子是不绅士的——如果你待在这里但不尊重她的名字，那你最好离开。"他没有离开，但整个晚上都保持沉默。

罗赛蒂最终在圣诞节前离开，并承诺会回来。"我亲爱的布朗"，他写道：

> 在我返回芬奇利的前一天，请你帮我把我的箱子、颜料盒和画架连同随信附上的便条一起送到承运人那里，给它们留个房间，直到我确认是否让它们来到城里，好吗……我感觉还需要一天，因为我需要画马车的靠背和轮子，以及小马的腿和耳朵。

但《发现》这幅画被搁置一旁，罗赛蒂没有回到芬奇利。1855年1月，艾玛生下了第二个孩子，一个名叫奥利弗的男孩。

儿子亚瑟的习作，福特·马多克斯·布朗于1856—1857年冬天完成。亚瑟生于1856年9月，第二年7月突然去世。这幅素描作品是为一幅名为《领走你的儿子，先生！》的油画而作，但那幅油画因亚瑟去世从未完工。

1850年左右，从黑衣修士桥看圣保罗大教堂的景象。左侧的建筑位于大桥的东北端，与西北侧的另一座建筑相配（现已拆除），罗赛蒂位于查塔姆广场14号的画室就坐落在那里，可以俯瞰河流。

大约在这个时候，布朗的命运开始好转。到了秋天，一家人住进伦敦市中心附近的一所新房子里。他对亨特说："最近我的事业蒸蒸日上。我现在住在一栋大房子里，而不是（你过去常说的）外围建筑。"

罗斯金把他对米莱斯的赞助转向罗赛蒂。正如他所解释的，他的部分动机是出于慈善：

我忘了说我真的很喜欢你的画，就像我喜欢透纳的画一样；只是买透纳［1851年去世］的画是无用的自我放纵，买你的却有用得多。

据罗赛蒂说，他的新赞助人：

前几天给我写了一封难以置信的信，说恭敬地留下了我的画（！！）而且想给我打电话……他的态度比我一直预料的要和蔼可亲得多，而且他似乎想让我发财。

然后罗斯金向罗赛蒂要求对他的作品有优先购买权，并且经常提前付款。正如威廉评价道：

我想不出能有什么安排对我的兄弟更方便了，他靠表现为自己赢得一个安全的市场，他甚至可以依靠不被强迫工作来得到报酬……在这方面，罗斯

汉普斯特德的希斯街,1855年。福特·马多克斯·布朗的油画习作。画中展现了被称为"山"［The Mount］的上层道路,右侧是希斯街。

查塔姆广场14号画架前的伊丽莎白·西德尔，罗赛蒂作。后面高高的窗户通向一个小阳台。画面背景是对黑衣修士桥的粗略描绘。

金似乎一直很友好随和，而且罗赛蒂也不令人讨厌。

他们发展了一种风趣的关系。罗斯金以一种善意幽默的方式"自由地赞扬，并尽情地辱骂"，但有时会激怒罗赛蒂，因为他"打心底蔑视艺术评论家"。尽管罗赛蒂很感激罗斯金的钱和支持——尤其是他对其他艺术品买家的赞扬——但他不想受到罗斯金意见的影响，那些意见经常被有力地表达：

把我寄来的耶稣降生图里面人物身上的纯绿色全去掉，周三前努力尝试让它看起来不要像个精纺品……这都是你的骄傲在作怪，不是什么好感觉，所以不要想它。如果你愿意的话，请你把房间整理好，晚上好好睡觉……我今天很恼火，如你所见，我掩饰不了我的烦恼。现在我一点也不喜欢我的画……［然而］在我看来，《抹大拉》在各方面都很了不起；它就在我身边。

他给罗赛蒂写信时也向莉齐致意：

看见你的时候我忘记跟你说了，如果你认为我能为西德尔小姐提供帮助的话，你尽管开口。我的意思是，随着天气转好她或许可以偶尔来这里，在花园里散散步，呼吸宁静新鲜的空气，看一两场弥撒……而且，如果你觉得她想要一幅阿尔布雷特·丢勒的作品或一张照片来装饰房间的话，你只需要跟我说一声，我就会为她准备的。我想跟你谈谈她，因为在我看来，你似乎让她因幻想而疲惫不堪，她有时真的应该被要求用一种枯燥的方式作画，从枯燥的事物中积累经验。

罗赛蒂不赞同。他从但丁、《圣经》和丁尼生的诗中汲取灵感，画出富有想象力的场景；莉齐也在做同样的事，她用边境民谣代替《神曲》。

1855年春天，罗赛蒂和莉齐受邀与罗斯金和他的父母一起喝茶。"他们都很喜欢小古格，"他兴奋地告诉布朗，"罗斯金说她是个高贵、光彩的人，他的父亲从她的外貌和举止来看，认为她可能生来就是一位伯爵夫人。"第二天罗斯金来到查塔姆广场：

> 跟她提出两个提议：其一，他把她今后所有的作品都买走，按件数支付；其二，他固定每年向她支付150英镑，然后她把所有的作品都寄给他——他希望以更高的价格把作品出售（如果可能的话）牟利，如果不可能的话，依然会按上面所说的年薪支付给她。我自认为第二个提议更好，因为考虑到她不能工作或缺钱时仍然能有不错的休息时间；但是她……似乎不想承担如此多的责任，因此更倾向于第一个提议。

《美丽安妮的歌谣》习作，大约于1855年由罗赛蒂完成。当时他和莉齐计划为一本歌谣选集画插图。

《圣塞西莉亚》，罗赛蒂为莫克森版《丁尼生诗集》（1857 年）设计的木刻版画，描绘了一位天使注视着音乐守护神眼睛的画面。

《南方的玛丽安娜》，罗赛蒂为莫克森版《丁尼生诗集》所设计。诗中孤独的玛丽安娜在圣母的画像前祈祷，而不是在基督前（如图所示）。

罗赛蒂心情大好，跟布朗说：

此时此刻，我爱他，爱她，爱每一个人，我好久没感到如此幸福……莉齐明天要去我母亲家喝茶，或许会一起吃晚饭，不过她会尽早来到这里……你和艾玛能一起过来陪我们吗？

这种情绪或许给莉齐诗中的一些诗句带来灵感：

爱让我的心在欢乐歌唱，
我的脉搏随着曲调激荡；
冬日最冷的阵阵寒风吹过，
却像六月里甜美的空气将我包裹。

罗赛蒂的《无情的女士》（1865年）描绘了一个男人在两个女人之间，一个黑暗，一个美丽，男人所处的三角关系局面同时象征他自己情感关系的特点。

爱在晨雾中飘起，
在夕阳的余晖中休憩；
他平息了雷鸣和暴风雨，
照亮了我所有的路。

罗斯金婉转地询问罗赛蒂是否"对西德尔小姐有任何计划或愿望，而这些或许会因为缺乏一定收入而无法实现，如果有的话，什么样的收入能让你实现这些计划或愿望？"他认为：

你们最好还是结婚，这样你才能给西德尔小姐完全的保护和照顾，结束你们两人身上那种莫名其妙的悲伤和渴望，你们总是渴望一些已经拥有的东西。

他很有洞察力，因为在他们和婚姻之间存在着某种布朗不理解的东西。"罗赛蒂曾经告诉我，当他第一眼看见她时，就觉得是命中注定，"他在日记里写道，"他为什么不娶她？"

相反，在罗斯金的催促下，莉齐却离开了，先是去了牛津，然后又去了萨默塞特的克利夫顿度假村。罗斯金在那里记录道：

那个犟驴问她，她来的地方有没有狮子。听到否定的回答后，他看起来很失望，然后继续问她是否曾在那里骑过大象……他想知道男孩们是否必须在那里靠工作谋生，并说一位绅士告诉他，在他的国家，男孩们因为太邪恶而被关在大监狱里……所有这些都可以解释为什么他认为莉齐是个古怪的本地人，因为他确信她来自很远的地方，远到超出他的视野范围。

冬天到了，出于健康考虑，莉齐来到法国南部。罗赛蒂在巴黎和她会合，然后一起回伦敦。1856年2月15日，他写了一首有趣而悲伤的诗，其中包括：

昨天是情人节。
我想你，亲爱的神鸽，
看，那邋遢的胡须，
那悲伤面容显露点点愁绪，
谁是你的情人，奥森？

他像往常一样胡乱涂抹。
碳棒滑落，画笔掉落，
一直画到点灯人
点燃那两团肮脏的火焰；
并整日咆哮在慢节奏的圣保罗。

有时，他坐在炉火旁思虑重重，
想到他的"猫儿"，孤独之意涌上心头；
他开始疯狂作画——
并咒骂九分钟，对着他的碳棒，
咒骂十三分钟，对着他的帽子。

亲爱的、聪明的莉齐，快回来吧。
坐在那把扶手椅上，你绝美的身材适合它，
让我为你画些新的画打破尴尬。
你的情人，奥森的灵魂
正在为那双友好的眼睛难过。

罗斯金的赞助让罗赛蒂不再需要参展。4月，威廉写信给威廉·贝尔·斯科特告知现状：

MODERN LIFE AND LOVE

《保罗和弗朗切斯卡》（1855年），罗赛蒂为罗斯金创作的但丁地狱三联画。这对不道德的恋人，读到兰斯洛特和格尼薇儿的通奸而燃起激情，他们注定要永远在地狱的火焰中煎熬。但丁和维吉尔在中间为他们的悲惨命运哀叹。

托马斯·伍尔纳创作的丁尼生肖像徽章（1856年），用于莫克森版《丁尼生诗集》的卷首插图。1854年底，伍尔纳从澳大利亚回来并重新开始雕塑家生涯，他创作了这幅桂冠诗人的肖像。

你含沙射影地讽刺加布里埃尔懒惰。这是不应该的。自从大约两年前罗斯金开始委托并购买他的水彩画以来，他一直宛如楷模一般坚持创作这一类的作品，尽管他仍然拒绝参展，但他并非没有拿得出手的成果。我想罗斯金此时一定已经拥有很多他的画——其中一些我尚未见过。

他接着列举：

我见过的包括分为三联的《保罗和弗朗切斯卡》——一边描绘的是接吻场景，另一边描绘的是受尽折磨的灵魂，中间是但丁和维吉尔；[还有]王后格尼薇儿拒绝和情人兰斯洛特在亚瑟墓前接吻；碧翠斯在婚宴上拒绝但丁的敬意（这是几年前的仿作，但水平更进一步）；一位国王和一位牧羊人在一个天使的引领下，在耶稣降生时敬拜；一位中世纪的女人挽着一位男人的胳膊唱歌（罗斯金最喜欢这幅作品）。

虽然拉斐尔前派的成员们正在逐渐疏远，但他们的事业蒸蒸日上。5月时罗赛蒂自吹自擂："今年皇家美术学院的展览上全是拉斐尔前派的作品。"现在，七年过去了，这种风格已经克服了大多数敌意——不管是来自媒体的还是来自公众的。尤其是米莱斯凭借大众赞誉而获得领导地位，尽管他以前的兄弟们对他目前的努力赞赏有加，但现在他主要因供养妻子和家庭而绘画。

关于《达成和平》，威廉写道：

罗伯特·勃朗宁肖像画（1859年），弗朗西斯·塔尔福德作。威廉·迈克尔·罗赛蒂回忆道："面对勃朗宁的诗句，其他一切都显得苍白、惨淡。这里有激情、观察力、抱负、中世纪主义，以及对性格、行为和事件的戏剧性感知。"

一名从克里米亚回来的军官和他的妻子（罗斯金-米莱斯夫人）坐在沙发上阅读《泰晤士报》上的和平新闻。他有两个小女儿，其中一个在玩诺亚方舟，那里有狮子、俄罗斯熊、公鸡和火鸡［四个战斗国的国家象征］，最后出现一只带着橄榄枝的鸽子。"相当幼稚。"我猜你会这么说。

但这幅画的售价是"900英镑（！）……所以你看，米莱斯并没有失去艺术上的成功"。然而：

毫无疑问，米莱斯正倾向于以更大的广度、更有远景的效果来进行绘画；不过，如果他能保持《秋叶》的创作标准，我仍然认同这还是属于拉斐尔前派风格，并且完全符合。希望他不要在平淡的、流行的或轻浮的主题中迷失；不过我觉得在这一点上可以感受到亨特想要的友谊和陪伴。

最终威廉预言成真。米莱斯与那些被他认为是吹毛求疵的批评争斗了好几年，尽管他仍然能够创作拉斐尔前派风格的诗歌和作品，但他显然越来越倾向于商业主题。"无论我做什么，无论多么成功，"他抱怨道，"都会换来同一句话：你为什么不再给我们画一幅《圣巴塞洛缪日的胡格诺派》这样的作品？"维多利亚时代对情感的渴望是永无止境的。

第五章 亨特在圣地
HUNT IN THE HOLY LAND

由于威廉·霍尔曼·亨特自1854年初就前往中东旅行，因此他无法给米莱斯提供建议。即使克里米亚爆发了战争，朋友们劝阻他，也没能拦下亨特的脚步。"你还是坚持去东部吗？"米莱斯哀怨地写道：

如果你硬要去的话，我相信你会被俄罗斯人切碎吃掉……我希望你不要忘记你最初的承诺，第一年后你会写信给我，让我在开罗与你见面。你不在的话，我想我在伦敦待不下去。

他送给亨特一枚象征着他们友谊的图章戒指，亨特一生都戴着它。亨特从罗赛蒂那里收到作品《圣母玛利亚的少女时代》和一段引语，开头是：

那曾存在于我们之间，男人们都记得
直到他们忘记自己，直到一切都忘记……

"我租了辆车，到我朋友们的家里拜访，跟他们告别，"亨特回忆道：

威廉·霍尔曼·亨特穿着阿拉伯服饰的自画像。亨特在中东时保持着强烈的英国身份意识，但在回家后，他喜欢穿着阿拉伯服饰。

《死亡之城前的单峰骆驼,开罗》(1854年),托马斯·塞登作。

《在东方绘画》，威廉·霍尔曼·亨特于1854年在开罗创作的速写。他写道："集市的内部、街道、清真寺、喷泉、哈里发的坟墓、城堡的景色、大门、旧开罗，这些都为画家提供了完美的主题。"

当我说那天晚上要坐邮车离开时，我那亲爱的老友米莱斯很惊讶。约翰跟我一起回来并帮我整理行李。一些单身朋友给我鼓气，说他们应该悠闲地去吃饭，然后再到我的住处来。他们到的时候我已经走了，米莱斯陪我去了车站。我还没来得及吃饭，米莱斯就冲到自助餐柜前，尽可能地抓起任何他觉得能吃的食物，跟在我后面扔进移动的车厢里。火车开动的时候，我在心里想，这是我跟他之间怎样的一次道别啊！其他男人之间有我们所建立的这样神圣的友谊吗？

亨特途经巴黎、马赛和马耳他，于2月抵达开罗。埃及并没有给他留下深刻印象——或许是这位紧张的旅行者表达不屑后藏起了自己的真实情感。

金字塔本身是非常丑陋的建筑，排列得很有气势，但不生动。近在咫尺，很难拒绝不去为它画一幅速写……我重视其与约瑟、摩西和耶稣的联系，他们一定认真注视过它们。有些棕榈树吸引了我短暂的目光。

金字塔内部的速写，1854年5月8日威廉·霍尔曼·亨特给米莱斯写信时创作。"按照既定的秩序，我牵着前面阿卜杜拉的手，以及后面另一个人的手，尽管每个人都很热，汗流浃背，我们还是快速前进。"

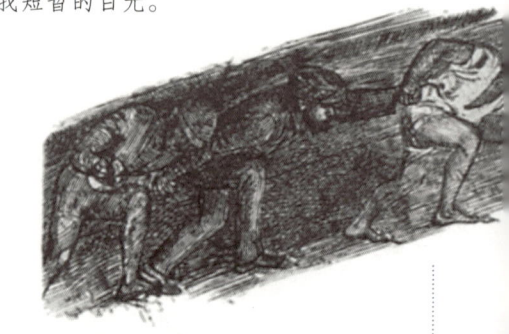

5月11日，亨特和塞登沿着尼罗河从开罗前往萨曼努德，亨特在那里勾画了这群年轻人玩耍的场景。背景中可以看到河流和卷起帆的三桅帆船。

他与艺术家朋友托马斯·塞登见面，但花了点时间才安定下来工作，他抱怨驴子持续的嘶叫声、行李碰撞的声音、开罗的动物以及他的旅客同伴的嘈杂声。他告诉米莱斯：

> 我觉得在这里安静地生活很困难，因为旅馆里还有四五个英国人，虽然其中有些人很讨人喜欢，但我想在工作时独处，而且即使塞登不在，也不可能有足够的与世隔绝感。当他在的时候，我对思考的认真投入往往会被令人无法忍受和恼火的恶作剧所打断。

他们一起短途旅行去看狮身人面像，带着一顶帐篷、两只骆驼、数个车夫和一个厨师。有天晚上遇到一场风暴。"你要是看到亨特和我穿着睡衣冲出去，一定会笑的，"塞登记录道，"他看起来很严肃，紧紧抓住他身边的裙子，而我却在大笑，紧紧抓住外面的绳子。"

好笑的是，亨特惊讶地发现在开罗找模特比在伦敦更难——这不仅是因为开罗没有这样的艺术传统，还因为伊斯兰教禁止描绘肖像和揭开女性的面纱。"可怜的亨特在这一半的时间都在为画人物发愁，"塞登告诉布朗：

在吉萨金字塔发掘的狮身人面像（1854年），托马斯·塞登作。狮身人面像长期以来一直令西方人着迷，此时它正半埋在沙漠中。

亨特在开罗住的酒店附近的马厩里养着一头"在哺育着小牛的温顺的水牛",旁边是一头不断嘶叫的驴子。亨特将它描述为"一种完美的英国艺术类型,被公然批评所困扰、阻碍,并陷入绝望。"

但是,我跟你说,我认为他希望阿拉伯人和土耳其人在这种气温下静坐(站立)六或八个小时实在是要求过高。别告诉任何人,即使是罗赛蒂。

亨特本人不耐烦地写信给米莱斯:

雇佣二三十岁的贝都因人做模特时,只需支付比他们平时最低工资多一点的钱,这些人无疑是当地最优秀的人;但当需要城里的男人或女人做模特时,就需要有像一个驾驭着两匹摇摇晃晃的马的公共马车车夫在展览日上皮卡迪利大街一样的耐心。

他讲述了一次试图找女性模特的失败尝试,该尝试最终以暴力混乱结束,并继续说:

第二天我向英国传教士的妻子提出了请求,她回答说这是一件非常困难的事情。有一次,她诱使一个女孩当模特,但当时是为了画一个神职人员。也许她可以帮我再次找她,但不是现在,因为正处一个短暂的斋月,人们需要在家里室内斋戒,而且她也刚刚动身去西奈山,要去两三个月。

但亨特并没有被吓倒,他相信自己可以找到模特:

这里有美丽的女子。在乡下的年轻女孩们不戴面纱并且穿得也很少,这些风华正茂的女孩可能是你在其他任何地方都见不到的最优雅的生物。一天,我在村子里四处游荡时,迎面遇到了其中一个人,我情不自禁地停下来盯着她看。

《埃及的余晖》，是威廉·霍尔曼·亨特在埃及开始创作并于 1864 年在伦敦展出的两张类似作品之一。这个名字被象征性地解释为埃及谷神星，也象征着过去伟大文明的废墟。

这样的一位女性为《埃及的余晖》中的人物做模特，画于吉萨"金字塔高原下的一个开放洞穴"。亨特后来写道，这张作品意在暗示"虽然古埃及的荣耀已经逝去，但在生活方面仍然有诗意的反映"：

这是我发现的一种适合自然主题的照明——太阳下山几分钟后从东方发出的第二道强烈的光芒。

在开罗的其他艺术家旅行者中，有一位老朋友叫爱德华·李尔，他是名喜剧作家和严肃的风景画家。然而，4月份时，亨特和塞登比他们预期的时间提早离开了埃及。正如塞登所记录：

或许听到我们改变计划你会感到惊讶。但事实上，亨特在两三周前发现，当雅各布离开他父亲的家时，他已经是一位四十岁的中年人，这打消了他在旷野为自己画一幅画的念头，就像他原打算在西奈做的那样；因此，既然不是一位风景画家，他觉得他不能把整个夏天浪费在这里……所以我们打算几天后动身去达米埃塔……从那里坐船去雅法和耶路撒冷。

他们从雅法骑着马，经过犹太山来到耶路撒冷：

　　那里没有什么好路，也没有什么咖啡馆，但我们在一棵梧桐树下休息，我们在那里取水，吃我们带来的面包和干果……山坡上有一小片树林，那里有村庄保护，种植园沿着突出的峭壁后面的梯田散落着，这证明了费拉欣［fellahin］定居点的存在，否则山坡上除了金雀花和灌木，什么装饰都没有……通往山谷的路蜿蜒曲折，当我们迈开脚步时才发现需要走得缓慢谨慎，需要频繁转弯。谷底有我们人和所养牲畜喝的水，但在井边停了一会儿，与来自相反方向的赶骡人交换了消息后，我们怀着渴望再次出发，去往犹太教、基督教和伊斯兰教的神圣朝圣之地。

他们第一眼看到耶路撒冷时并不失望：

　　我们沿途攀爬，视线随着马道的弯曲而变化。突然，我们的马自己停了下来，我们抬起眼睛，所有的景色都展现在我们面前，一幅壮丽的风景画展现在我们面前，我们的城市矗立在中心，它是四方形的，并且很紧凑……邻近建筑之间的内墙很显眼；穹顶和宣礼塔耸立在由橄榄山和堕落山形成的隆起轮廓上，在那里，北部的山脊线向下倾斜，在它和南部的延续之间留下缺口……远方是淡紫和蔚蓝色调的摩押山脉。

　　塞登的计划是描绘风景——圣经中真实存在的风景。亨特的计划是画一幅画，画的是玛利亚发现孩童耶稣在圣殿里与拉比争论。从《塔木德》中，他试

亨特与犹太人在耶路撒冷的犹太教堂里，一幅速写的局部。"每个星期六和所有盛大的日子里，我都去犹太教堂观看仪式。"他写道，"我自己也被人注意到，并被问及我的国籍、我的目的，以及最终我属于哪个犹太教堂。"

图了解基督时代的情况；他拜访了犹太教堂以观察仪式；他追寻模特，但受到当前关于这座城市的基督教传教活动的争议的阻碍，这使得犹太居民不愿意与英国游客打交道，找模特同时他还受不可动摇的礼仪阻碍。亨特被介绍给耶路撒冷一个"最重要的犹太家庭"，他想画祖母、母亲和女儿，她们"都非常美丽"。这位英国传教士医生答应问一问，相信她们会摆姿势做模特来感谢他的服务。但他低估了她们抵抗的力量，她们"除了顺从，其他都很有礼貌"。

尽管巴勒斯坦在很多方面都是一片完全陌生的土地，但它跟圣经中描述的很相似，正如亨特写给米莱斯的信中所说，从字词间可以看见他被勾起了乡愁：

你可能会对此感兴趣，我的帐篷搭在幔利平原上的一棵树下，它至今仍然被称为"亚伯拉罕的树"，那里曾招待了三位天使……我在中午的时候躺下，取出你的信……重读一遍，喜悦之情使每一个字都像赐给一个口渴的灵魂的甘露。我能清楚地记得在温切尔西的日子，我们一起散步，一起在小旅馆吃饭……我多么希望能和你在一起，一起聊上几个小时！

亨特对绘画有了新的想法，他在另一封信中详细阐述，这封信在伦敦的朋友们中流传：

在接下来的一两个星期里，我将驻扎在离耶路撒冷大约60英里（约96千米）的地方，那里无法寄信，除和狂野的阿拉伯人外我无法与任何人交流。

《井边停留》，摘自威廉·霍尔曼·亨特的速写。"一些杰哈林部落的阿拉伯人走近我们，他们听说了我们旅程的计划，就来引导我们去他们的营地。我们半路上停在一口井旁，在日落时分到达了我们的贝都因帐篷。"

至少可以说风景是相当沉闷的,但我很想去看,因为我脑海中浮现出一个严肃的主题,我要为学院的下一次展览做准备……在《利未记》第十六章第二十节中,你会读到一个关于被送到旷野的替罪羊的故事,它背负着以色列人所有的罪,当然,这是基督的一种预示性象征。我的想法是用它头上的牧师双手留下的印记和系在头上的猩红色丝带来代表这只被诅咒的动物,它在惊恐中逃到死海的平原,在对死亡的渴望中摆脱这罪恶之海的痛苦。

这在地形上和精神上都很有趣,他补充说,这也可能有助于皈依。

我的最后一次旅行是为了找到一个适合这个场景的地方,我只在湖的南端发现了这个地方,那里的海滩上覆盖着厚厚的盐,尽管美丽非凡,但有一种荒凉的气氛……平原上有一座山的名字是末日,从发音的相似性来看,它属于索多玛的一部分。它大部分是纯盐,每当水位下降时,盐就会滴落形成长长的垂饰。

为了消除前往只有半游牧部落居住的土地的恐惧,亨特坚持写日记:

11月17日

从未见过如此非同寻常的荒野美景……我把自己托付给上帝仁慈的保护,使自己在这一追求挑战中免于所有危险——我相信如果我没有得到他在场和保护的安慰,我就会被自己孤独处境的痛苦所征服,像个孩子一样哭泣——当我到达这个地方时,光明驱走了暗影。

11月19日

我们看到野兽的脚印,但我认为它们并不栖息在这里。秃鹫从不在这大快朵颐,尽管它们可能已经在阳光下用腐烂的骆驼填饱自己的肚子……远处的群山美丽如宝石,但近看是干涸焦灼的,呈现出一片如余烬般的玫瑰色。金色的平原由盐和裸露的沙子组成。天蓝的大海像钻石一样。

尽管他的画布是装在箱子里用骡子运输的,但画布还是被灰尘覆盖,此时现场绘画的困难就暴露了出来。此外,光线还不断变化:

110　THE ILLUSTRATED LETTERS AND DIARIES OF
　　　THE PRE-RAPHAELITES

拉斐尔前派 插画书信与日记

上图 《在庙中找到基督》（1854—1860年），中左上角男孩的细节图。模特是西里尔·弗劳尔，据说他是《艾瑞克：点滴进步》的原型，后来他收藏了一批拉斐尔前派的作品。

右图 《在庙中找到基督》，威廉·霍尔曼·亨特作。作品展现《玛拉基书》中的拉丁文和希伯来文铭文："你们所寻求的主，必忽然降临他的圣殿。"

HUNT IN THE HOLY LAND

亨特在圣地

11月21日

我花费了一整天画左侧的海和毗邻海滩的上半部分，我画得很顺利，但我并不太满意，因为如果我再多画半小时，效果会更好。

随着离开死海的时间临近，他的情绪波动：

11月23日

我累坏了并且陷入巨大的失望——我的东西丢了——两天来我几乎无法完成复杂的前景……我担心我之前的作品都丢失了，这是我非常乐观、克服重重困难才得以成功的作品，我本可能会在下次展览中留下一幅有价值的作品！

11月25日

今天一早我就动身，不停工作，直到日落，除我的守卫索莱曼外，没人来打扰我……在日落的十到十五分钟里，我成功地在画布左边的前景下方画了一大片，这使我对明天充满干劲，因为我觉得我在颜色和色调上都取得巨大成功。我花了一小时轻轻地给山脉造型并涂上阴影。

回到耶路撒冷，亨特画了一只从"两个勇敢的小伙子"那买来的山羊，他把山羊放在一个覆盖着从死海带回的泥土和盐的托盘上：

当托盘在阳光下充分炙烤后，我把溶液倒在上面，它完全像自然结垢一样干燥。一切准备就绪后，我牵着山羊走过了托盘脆弱的表面，它的龟裂纹显得一丝不苟，就像我在死海边看到的那样。浅滩部分除了动物脚边的那块，都是在奥斯杜姆［Oosdoom］画的。

"我不知道你在伦敦过得怎么样，"他写信给米莱斯，"当然不再有拉斐尔前派的会议……我很高

1854年威廉·霍尔曼·亨特在死海附近画的胡兀鹫头部。

兴能离开这美丽而有趣之地。"但是实际上,在继续前往加利利、大马士革、贝鲁特、伊斯坦布尔和克里米亚之后,亨特直到1856年2月才回到英国。

威廉·迈克尔·罗赛蒂写道:"亨特从耶路撒冷回来时贴了一把假胡须,看上去更健康。"《替罪羊》是他上交给皇家美术学院的主要作品,但它并没受到普遍赞誉,威廉像往常一样精准补充道:

《替罪羊》是一幅非常引人注目的作品。有条不紊地支持着亨特的罗斯金认为,它只适合当山羊罗盘酒吧的标志;伍尔纳发誓这远超亨特之前的所有作品。我只见过它两次……第一次时我觉得很失望……第二次时我更喜欢它了……我相信如果我深入了解它的话,我对它的评价会很高。对于公众而言,我担心它几乎会被认为是失败品,并且肯定会成为一个不小的嘲笑主题。

"这是件大事,但与公众无关。"这也是罗赛蒂的意见。

布朗的日记还描述了其他一些麻烦,有一天,几个拉斐尔前派成员突然造访。当他们离开时亨特留下:

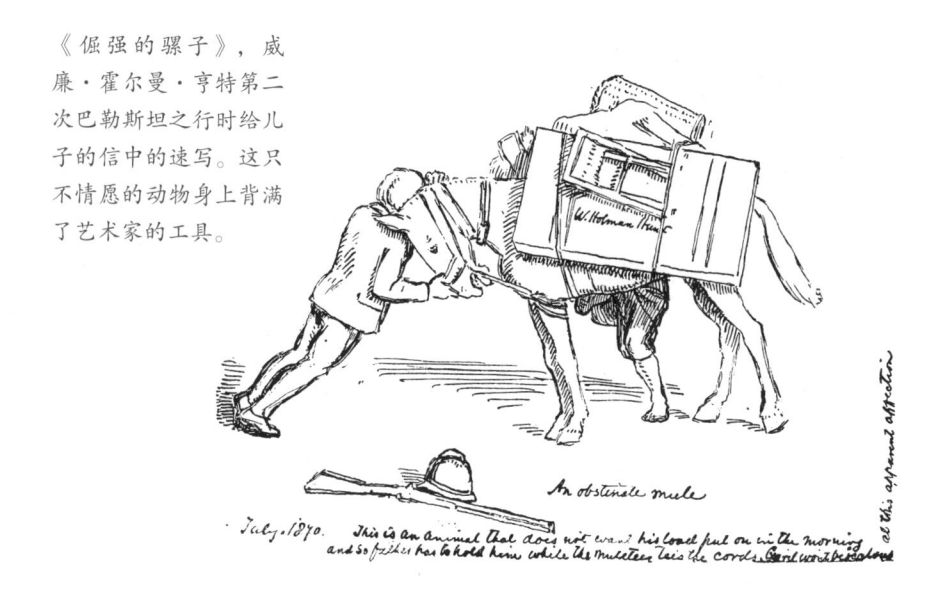

《倔强的骡子》,威廉·霍尔曼·亨特第二次巴勒斯坦之行时给儿子的信中的速写。这只不情愿的动物身上背满了艺术家的工具。

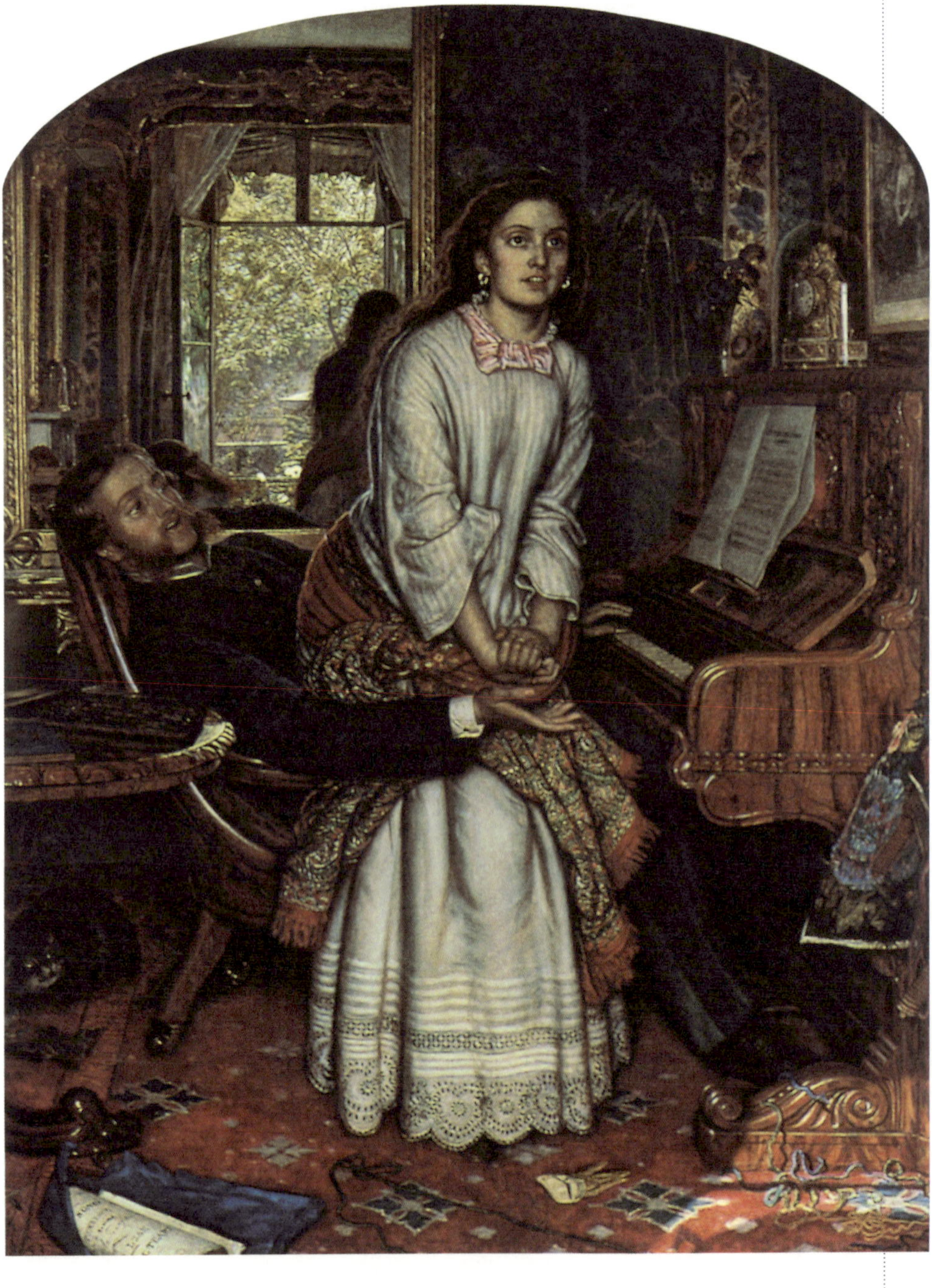

《替罪羊》（1854—1855年），威廉·霍尔曼·亨特作。"海边的山……在夕阳的照耀下，仿佛穿着深红色和金色的制服。"亨特的同伴说道，"然后，仿佛为了成就壮丽的景色，一道高耸而完美的彩虹横跨广阔而荒凉的空间。"

并告诉我耶路撒冷的主教的事，然后他在8个月前以450基尼的价格将《替罪羊》卖给了怀特［一个商人］——然后是关于安妮·米勒对他的爱，他对她的喜爱、困惑以及加布里埃尔如何像个疯子一样把安妮带到各种各样的娱乐场所，就算没有明说，他也曾经暗示过，不应该……让她为加布里埃尔做模特，当他离开时，加布里埃尔让她为成员外的人当模特；请她去贝托里尼餐厅吃饭，并去克雷莫恩［游乐花园］和乔治·博伊斯跳舞；威廉带她出去划船……他们似乎都很喜欢安妮·米勒，可怜的亨特着迷了。

安妮·米勒是一位老兵的漂亮女儿，亨特发现她在切尔西画室后面的一家酒吧里工作。感觉到她的命运可能跟《觉醒的良心》里的主题相似，而她恰好为作品做模特，亨特在自己外出时安排好她的教育，不言而喻其目的是让她成为自己的妻子——或者至少把她从耻辱的生活中拯救出来。而现在看来，罗赛蒂和安妮一直在伦敦的夜生活里寻欢作乐。

对页图 《觉醒的良心》（1854年），威廉·霍尔曼·亨特作。在"堕落女性"主题中，作品描绘了一个年轻浪子和情妇在道德觉醒和悔恨的时刻。克里斯蒂娜·罗赛蒂在一首主题相同的诗中写道："他把我当成丝绸领带一样的配饰，就像摘手套似的抛弃我另选他人。"

安妮·米勒（1860年），罗赛蒂作。"亲爱的博伊斯，安妮和我万分抱歉，但她真的必须——让她——明天为我做模特。"

亨特和莉齐却快乐不起来。7月16日，布朗指出：

> 艾玛昨天去看望了病得很重的西德尔小姐，她一直在抱怨加布里埃尔。他似乎把自己的感情转移到了安妮·米勒身上，他对西德尔小姐只顾谈论她。他完全不在乎了。

十天后，布朗与塞登安排和亨特一起划船，并在亨特在皮姆利科的家里见到了安妮，她"看起来很像海妖"。到9月8日，这难堪的事情似乎已经结束：

> 小古格抗议之后，加布里埃尔似乎放弃和安妮·米勒调情。他和小古格现在相处得很好，她现在在画她的作品［也许是《帕特里克·司本斯爵士民谣》中的《女士们的哀歌》，或者是丁尼生的《克莱尔夫人》］。

但罗赛蒂肯定一直在和安妮调情，并画她——在他的关于但丁的梦的大型水彩画中作为其中的一位随从。也许安妮也在调情，以此让亨特表白。他的密友弗雷德里克·斯蒂芬斯在信中警告说："除非她表现出某种稳定的性格，否则你与她进行更真诚的交往是完全没有希望的。"然而，亨特提议继续支付她的教育费用，希望"改善"的尝试会成功。他回答说："如果她决心放弃卑鄙的虚假骄傲和致命的懒惰，可能会有个愉快的结果。"

问题似乎在于，安妮认为"优雅"和淑女般的举止是消遣而不是工作，而亨特则坚信新教职业道德是获得经济安全的途径。尽管他们存在根本性的分

安妮·米勒（1854年），乔治·博伊斯作。1863年安妮嫁给了汤普森船长，据罗赛蒂所说是位"十分好的绅士般的伙伴"。

歧，他们的关系却仍然持续了几个月。在此期间，亨特为安妮作画，并将其命名为《无所事事的甜蜜》或《甜蜜的懒散》。

然而，至少有一位观察者认为，亨特和他拉斐尔前派的兄弟罗赛蒂之间并没有明显的不和。正如年轻的伯恩-琼斯在1856年秋天告诉他的父亲：

这是一个光荣的日子——一个光荣的日子，一个我一生中最让人铭记的日子：因为当我在画画的时候……在罗赛蒂的工作室里，当世最伟大的天才威廉·霍尔曼·亨特走进来——他是一个如此英俊的人，一个如此壮丽的人，留着金色的大胡子，紫罗兰色的眼睛里充满忠实——哦，这样一个男人。罗赛蒂坐在他旁边玩弄着他的金色胡子，用他的画刷穿过他的毛发。整晚罗赛蒂都在高谈阔论，我不相信任何人能在他旁边接上话。

艺术友谊的新阶段开始了。

爱德华·伯恩-琼斯的自嘲画，他通常把自己描绘成一个虚弱的幽灵般的人物。

第六章 快活的朋友们
JOVIAL FRIENDS

据罗赛蒂所说,伯恩-琼斯是"梦境中最好的年轻人之一"。罗赛蒂补充道,因为在那里,给一部新的"奇迹般的文学作品"供稿的作者们似乎都活着。这让他回忆起《萌芽》,刊物最近的一期中有一个叫《梦》的非常了不起的故事。

《牛津和剑桥杂志》常被熟悉的人简称为"杂志"[The Mag],它与《萌芽》十分相像,都是由一群有艺术想法的理想主义青年创办。大多高等学府的朋友来自牛津,杰出的人物有伯恩-琼斯,他是位来自伯明翰的有抱负的画家(后来为了与其他众多的琼斯区分开来,他将自己的名字用连字符连起来),还有威廉·莫里斯,他写了几篇关于中世纪骑士和女士们的诗歌和故事,其中包括《梦》:

她凝视着一排排紫杉,看着他迈着近乎坚定的步伐走着,但他却在紫杉的阴影下有些退缩;他走路的时候,长长的棕色头发随风飘扬;金线与它交织在一起,那是当年勇士们的时尚,闪耀的光芒若隐若现;微弱遥远的月光洒在他的大衣上,仿佛掀起阵阵波浪……接着她听见狱卒的质询声,听见吊桥落下,听见沉重的三柱门上铰链的摆动声;在明亮的灯光下,在不断加深的月光阴影中,他消失在她的视线里;她离开门廊走向小教堂,整夜在那虔诚地祈祷。

伯恩-琼斯第一次去查塔姆广场时,罗赛蒂"打听了很多关于莫里斯的事,

JOVIAL FRIENDS

上图 1860年左右伯恩-琼斯用水彩为红屋所做的装饰设计。作品创意来自乔叟、《尼伯龙根之歌》和中世纪围攻特洛伊的场景。

左图 威廉·莫里斯早期速写本中的装饰设计,可能是从中世纪的资料中复制而来。

上图和对页图　关于威廉·莫里斯的漫画速写，伯恩-琼斯作。从左至右：莫里斯在检查绘画和木刻，而伯恩-琼斯则是一副疲惫不堪的样子；莫里斯狂饮作乐，给简·莫里斯送去纸条："上述人员将在今晚两点到家"；讽刺了莫里斯的胃口："餐前优雅"和"餐后不堪"。

他已经读过莫里斯的一两首诗了"：

> 庄园里住着一位女士，
> 大大的眼睛，身材纤细修长；
> 她没日没夜地唱着那句，
> 越过明月的两朵红玫瑰。
>
> 一位骑士骑马经过，
> 早春的道路干涸；
> 中午他听到那位女士唱着，
> 越过明月的两朵红玫瑰。

作为从家庭投资中获得可观收入的人，莫里斯无疑是拉斐尔前派圈子中最富有的。1856年他买下了阿瑟·休斯的《四月之恋》和布朗的一幅风景画。"昨天，罗赛蒂带来了他的狂热崇拜者——来自牛津的莫里斯，他以40英镑的价格买下了我关于小干草田的作品。"布朗7月24日记录道。

莫里斯的绰号是"托普西［Topsy］"，跟《汤姆叔叔的小屋》里的那个

Grace before meal.

Disgrace after meal.

"我自生自长"的孩子一样,显然是指他有发胖的倾向。他和伯恩-琼斯都很敬畏罗赛蒂。伯恩-琼斯回忆起罗赛蒂向他介绍房间里随处可见的设计:

> 地板的一端被它们和书覆盖着,书架上没有书。我记得很久以后他告诉我,书对画家没有用处,只是用来帮忙支撑摆困难姿势的模特……我待了很久,为了看着他工作,直到很多天以后,我才知道他非常讨厌如此——当我羞愧得不能再待下去时,我离开了,小心翼翼地向他隐瞒了我必须成为一名画家的愿望。

罗赛蒂鼓励所有的艺术抱负,很快就收下他的新门徒。莫里斯向一位大学朋友描述了自己进入拉斐尔前派圈子的经历:

> 从我跟你分开,我已经见了罗赛蒂两次了;上一次是在上周一,我和他几乎度过一整天。我们在一起的时候亨特过来了,他是个身材高挑、留着漂亮红胡子……的美男子。罗赛蒂说我应该画画,他觉得我应该会画画;既然他现在是一位非常伟大、说话有权威而非如抄书吏一样的人,那我必须试试。老实说,我不抱太大希望,但我会竭尽全力——他在主题上给了我切实可行

《四月之恋》（1855年），阿瑟·休斯作。尽管这描绘的是情人间的争吵，但年轻的女模特是休斯的未婚妻特丽费娜，在画作完成后他们就结婚了。

的建议……爱德华和我将要住在一起。我八月初去伦敦。

最终在其他地方住了一段时间后,他们在红狮广场住进罗赛蒂和沃尔特·德弗雷尔曾经住过的房间。在他们初识的几周里,罗赛蒂向他的新朋友们介绍了伦敦的娱乐场所。有时候是在剧院,伯恩-琼斯回忆道:

如果这是一出愚蠢的戏,他会对它感到厌烦,并建议我们立即离开。因为对他的崇拜,我们总是顺从地同意,尽管我们非常想知道故事的结局。有时我们在街上闲逛,有时回到黑衣修士桥,去加布里埃尔的房间坐到凌晨三四点,一边看书一边聊天。我们的周日非常平静祥和……通常是在我工作的时候,莫里斯大声朗读《亚瑟王之死》。

马洛礼的《亚瑟王之死》是他们最喜欢的书,很快这书就被介绍给了罗赛蒂,罗赛蒂立即开始创作一系列以骑士精神为主题的水彩画:《七塔之调》、《圣杯少女》和《蓝色密室》。莫里斯根据一些图画作诗:

> 如果现在有人去的话,
> 他必须独自前往,
> 它的大门不会向任何人开放,
> 闪闪发光的长矛——你会独自前行吗?
> "听!"花仙子约兰德说道,
> "这是七塔的曲调。"

伯恩-琼斯和乔治亚娜·麦克唐纳[Georgiana Macdonald]订婚了,她通常被简称为乔吉[Georgie]。她怀念地回忆起在红狮广场自由和幸福的生活。然而,这种生活的基础是一直被称为"红狮玛丽"的管家尼科尔森夫人通过良好判断力和独创性打下的,她成功地维持了秩序。

她用一贯的好脾气支持他们的热情好客;她兴高采烈地把床垫铺在地板上,给那些留宿的朋友们。床垫用完后,据说她用靴子和旅行衣箱做了床。在红狮广场,除了用浴盆洗澡之外,他们不可能做别的身体清洁,而她天生

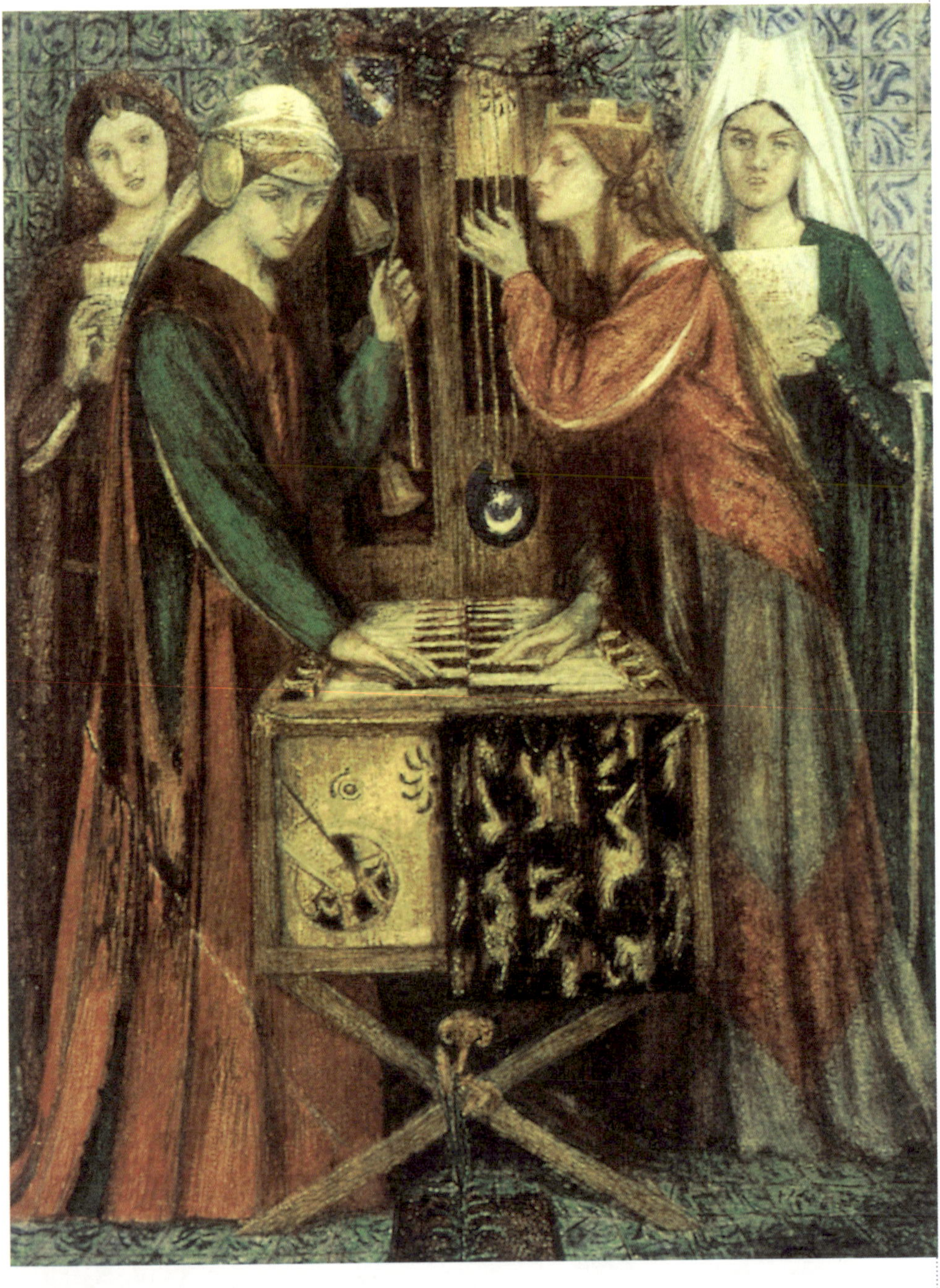

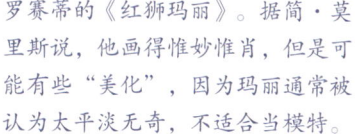

罗赛蒂的《红狮玛丽》。据简·莫里斯说，他画得惟妙惟肖，但是可能有些"美化"，因为玛丽通常被认为太平淡无奇，不适合当模特。

1860年乔治亚娜·伯恩-琼斯结婚时罗赛蒂为其绘制的肖像。为人所知的是，乔吉在南肯辛顿艺术学校学习过设计和木雕。

不喜欢与不可能的事做斗争，所以这个问题几乎被忽视了，但她随时准备完成他们吩咐的任何事……"玛丽！"一天晚上爱德华帮留宿的罗赛蒂订早餐，"我们要几夸脱的热咖啡、叠成锥形的吐司和大量的牛奶"。对她来说，那是他想要的一切。

毫不奇怪，乔吉和伯恩-琼斯都记得这些在红狮广场极度开心的日子。后面几年他们被麻烦和责任所笼罩，但：

1856年，记忆里和现实中一样美好。回忆起青春已逝的岁月，爱德华特意写道："我记得有一年从来没有下过雨，也没有乌云密布过，一整年都是

对页图 《蓝色的密室》（1857年），是罗赛蒂受中世纪彩饰启发创作的水彩画。这些蓝色的瓷砖之后由莫里斯公司生产。

蓝色的夏天，伦敦的街道闪闪发光，早晨总是空气甜美、钟声作响。"

1857 年 6 月，拉斐尔前派的艺术家们在菲茨罗伊广场附近的一个小画廊举办了私人展览——一个未命名的展览沙龙。展览者包括米莱斯、亨特、布朗、休斯、柯林斯、乔治·博伊斯、约翰·布雷特、伊丽莎白·西德尔和罗赛蒂。罗赛蒂赶紧写信给莫里斯，那时他正挣扎着在牛津萨默敦一位朋友的花园里努力画一棵树：

你过得怎么样？还在坚持你的画作吗？

你知道的，周一的时候我们的小展览会在这举行，而且我很想按大家的建议把《蓝色密室》送来参展。你可以马上帮我取一下，周五时送到伦敦的菲茨罗伊广场拉塞尔 4 号吗？你现在可以吗？我打算送些别的作品展出，但我目前还没决定好。

红狮广场的工作室，因伯恩-琼斯而不朽。"这幅画忠实地记录了工作室的整体面貌，"乔吉说，"爱德华本人正饶有兴趣地看着罗赛蒂的作品，他美化了一把莫里斯设计的椅子。"右侧是艺术家的人体模特在炉火前取暖。

《兰斯洛特的圣杯幻象》的习作，罗赛蒂为牛津联盟辩论厅绘制的壁画。"世界上还有谁能设计出站在诱惑之树的枝条上，向她的情人隐瞒圣杯幻象的格尼薇儿呢？"伯恩-琼斯写道。

我不应该来牛津——我不是很邋遢吗！但我现在必须补画到周一。周五是展览日——所以那个时候《蓝色密室》一定要送到。

在这不久后罗赛蒂来牛津找莫里斯，在那里他们似乎迫使大学辩论社允许他们用马洛礼的场景装饰新大楼。正如罗赛蒂写信给老朋友芭芭拉·博迪雄：

你觉得我和我的两个朋友在这里做什么？在联盟新房间的墙上画9英尺［约2.74米］的画，画上有真人大小的人物……工作进展得很快，这可能是我工作最大的乐趣。我们的图画来自《亚瑟王之死》。

除了莫里斯和伯恩-琼斯，还有其他几位艺术家参加了这场"欢乐的运动"，包括J. R. 斯宾塞·斯坦霍普和阿瑟·休斯。最年轻的是19岁的瓦尔·普林塞普，他在街道拐角的地方住。"我们玩得多开心啊！"他回忆道，"多好笑的笑话！多么大的笑声啊！"他记得第一天晚上，他和其他人在他们的住处吃饭：

我在那里看见罗赛蒂穿着一件深紫红色的男礼服大衣，边上是一位戴眼镜留着浓密黑发的矮个男人。"托普西，"罗赛蒂喊道，"让我介绍一下，瓦尔·普林塞普。"

"很高兴见到你。"戴眼镜的人点了点头回答说，然后他又继续读他那本四开本的大书。这是威廉·莫里斯。不久之后，门开了，在它半开时伯恩-

128　　　　　　　　　　　THE ILLUSTRATED LETTERS AND DIARIES OF
　　　　　　　　　　　　　　　THE PRE-RAPHAELITES

拉斐尔前派
插画书信与日记

《战前》（约 1858 年），伊丽莎白·西德尔作。这是与罗赛蒂同一主题绘画的配套作品，描绘了一对中世纪夫妇将红色三角旗系在骑士的长矛上的画面。

琼斯就溜进来了。"爱德华，"罗赛蒂说，他一直心不在焉地自言自语，"我想你知道普林塞普。"害羞的身影冲上前，露出羞怯的脸。

晚餐结束后，罗赛蒂像往常一样哼着歌从桌子旁站起来，蜷缩在沙发上。

"托普西，"他说，"给我们读一篇你的文章。""不，加布里埃尔，"莫里斯回答，"你都听过了。""没关系，"罗赛蒂说，"普林塞普在这里，他还从未听过呢。此外，它们非常好。""好吧，老伙计，"莫里斯低声回答，拿到书后他开始读……

> 她的头与脚装饰着金子，
> 裙摆处金光闪闪，
> 金色的腰带环绕着我的甜心，
> 啊，我美丽的玛格丽特！

由于对壁画艺术不熟练，他们没有对表面进行处理，因此图像很快就开始剥落和褪色。但是从长假一直工作到秋天的这段时间，大家都过得很开心。然而11月时，在任务完成之前，罗赛蒂离开牛津前往谢菲尔德，因为莉齐正在那里探亲。接下来的几个月里，他们在德比郡的水疗小镇马特洛克，创作了骑士主题中骑士与爱人分离的水彩画。

罗赛蒂当时的另一幅画作描绘了哈姆雷特与奥菲丽亚订婚的解除——这是一个不祥的主题，间接地表明他和他"亲爱的鸽子"之间的关系并不好。早些时候，关于安妮·米勒的争吵演变成了关于婚姻的争论，因为罗赛蒂拒绝敲定婚礼的具体日期。正如布朗的日记所记录的那样，1856年底，莉齐"决定不再与他有任何关系"，并前往巴斯。罗赛蒂紧随其后，重申了他的诺言，但仍然没有采取实际行动。然后，有人提议为拉斐尔前派建一所"学院"或者是社团，艺术家们可以住在那里，并在同伴陪伴下友好工作。

共同的住所没有建立起来。真相是罗赛蒂失恋了。莉齐在诗句中似乎表达了她的痛苦：

"我曾经爱过你",哈姆雷特在奥菲莉亚还订婚礼物时这样说。在这幅高度完成的画作中,罗赛蒂似乎戏剧性地表达了他对莉齐的感情。背景中的两个蜿蜒的楼梯相互接触,但没有连接。

> 在陆地和海洋上空数英里，
> 我的爱重新拥抱自己；
> 我不记得他说的言语，
> 只记得树在头顶叹息。
>
> 我感到寒风的袭击，
> 一阵寒意从红棕色的发顶升起；
> 不好的预感让我窒息，
> 直让我生不如死。

虽然他们已经在北方一起度过好几个月，但没有进一步讨论婚姻的话题。我们不知道在马特洛克到底发生了什么，但现在看来，一切已经于事无补。

回到牛津，快乐的团体加入了一位新的追随者阿尔杰农·斯温伯恩。他是一名学生，也是一位有抱负的诗人，热切地投身于拉斐尔前派的事业。他记得有一天晚上，在辩论厅工作完后，他们进行了一次"精彩的谈话"。他和伯恩-琼斯在谈话中激烈地捍卫了他们的"天堂理念，即一个到处都是绝妙佳人的玫瑰花园"。这是罗赛蒂对漂亮女孩的称呼。正如瓦尔·普林塞普所回忆，"我们模仿了他的说话方式。对我们而言，所有的漂亮女人都是绝妙佳人。"

罗赛蒂在牛津发现的绝妙佳人是长着黑色眉毛的简·波登，她是一个马夫的女儿，17 岁。接受给艺术家当模特后，她被罗赛蒂画成格尼薇儿。在他离开的时候，

1858 年简·波登与威廉·莫里斯订婚时罗赛蒂为其绘制的肖像画。

莫里斯自己的、不太成功的简的画像，也于1858年完成。"想象一下……一团波浪般蓬松的黑发……一张瘦削苍白的脸，一双奇怪的、悲伤的、深邃的、黑色的、跟斯温伯恩一样的眼睛，"亨利·詹姆斯见到简后写道。

莫里斯接手了他的模特，开始把她画成美丽的伊索德。莫里斯对女人很害羞，据说他在画布背面给简写了一条留言："我不能画你，但我爱你。"

根据威廉·迈克尔·罗赛蒂的说法：

我兄弟是第一个发现她的。她的脸既是悲剧性的、神秘的、热情的，又是平静的、美丽的和优雅的——是一张雕塑家的脸，一张画家的脸——一张孤独的英格兰脸……她肤色暗白，有一双深邃的灰色眼睛，一头黑色的大波浪般的头发，但也不乏深沉的光芒。

其他人饶有兴趣地观看了这场求爱。斯温伯恩高兴地写道：

想想莫里斯有一位美妙的、最完美的绝妙佳人——可以看、可以对话。他想和她结婚的想法是疯狂的。吻她的脚是绝大多数男人所梦寐以求的。

但这可不是模仿中世纪的骑士爱情；莫里斯可不是那种下定决心还会改主意的人。他和简的婚礼于1859年4月在牛津举行。

前一个夏天，罗赛蒂回到了伦敦。很快，一个新的绝妙佳人……丰满的金发女郎范妮·康福斯进入他们的视线。根据威廉·贝尔·斯科特所说，当那个晚上他们第一次见到范妮时，她被指控是卖淫的妓女：

用牙齿咬碎坚果，并把壳四处乱扔。看见罗赛蒂盯着她看，就朝他扔了点过去。他对这种明媚的天真感到高兴，于是立即上前搭讪，然后成功让她坐在他面前给她画像。

伯恩-琼斯未完成的油画《希望》（1861—1862年）。这个标题是寓言性的，尽管这个人物似乎拿着一个苹果，但可能代表的是一个肉体诱惑的形象。模特是范妮·康福斯。

范妮后来描述了一次"四位艺术家的聚会",包括罗赛蒂、布朗和伯恩-琼斯,他们被"这个乡下姑娘的美貌,尤其是她那头华丽的金发"所深深吸引,以至于"其中一个人'故意'从她身后走过,用手指碰了碰她的头发,使其全散落在了她的背上"。

结果是"道歉和对话",第二天她来到罗赛蒂的画室,在那里,"用她自己的话来说,'他让我把头靠在墙上,让他对着画小牛图里的人物头像'"。

这幅作品就是未完成的《发现》,1854 年底被搁置在一旁。看来范妮的职业——也许还有她的历史,一个贫穷的乡村女孩被明亮的灯光吸引而过上了羞耻的生活——激发罗赛蒂继续他的旧主题。然而,很快他就把她描绘成了一个更加性感的形象,一个迷人的、诱人的人物。斯科特写道,这让他得出了"自相矛盾的结论,即认为女人和花是唯一值得画的东西"。

威廉反驳了这一观点,他说:"绅士们委托或购买的作品是这一结果的主要原因。"他还为范妮辩护,范妮虽然"缺乏智力或教养方面的魅力",但本性善良并且

是一个尤其漂亮的女人,长相端庄、甜美,还有一头最可爱的金发——浅金色或"收获季的黄色"。《博卡·巴西亚塔》是最真实的反映她的画像,或许可以说明一切。

阿尔杰农·斯温伯恩的肖像(1861年),罗赛蒂作。斯温伯恩因放荡的行为被牛津大学开除后加入拉斐尔前派的圈子,他们常常以他为乐。

范妮·康福斯与乔治·博伊斯（1858年），罗赛蒂在博伊斯于斯特兰德大街的画室创作的墨水画。两位艺术家和模特经常三人出行，游览动物园或克雷莫恩花园。

范妮的到来也反映在罗赛蒂的诗中，从他的新版《珍妮》开始，讲述了一个年轻学生和一个街头女孩的故事：

为什么，珍妮，当我在那里看着你的时候——
尽管你头发蓬松，
你的绸子未经整理而凌乱，
但温暖的甜蜜一直蔓延到腰部，
在灯光的照耀下，一切都金光闪闪——
不知道你看的是什么书，
梦中闪电般地读了一半！

范妮的另一位爱慕者是乔治·博伊斯，他和罗赛蒂一起对她展开了波希米亚式的追求，正如他的日记所记录：

1858 年 12 月 15 日

去了罗赛蒂那里。我注意到的新事物是一幅描绘圣女在约翰家的令人印象极深刻的水彩画……还有关于一位骑士身穿战甲拥抱爱人的画……我们在黄昏时分出发，在公鸡餐厅用餐，然后到索霍区迪恩街 24 号去看范妮。她有着有趣的脸、欢快的头发和迷人的性格。

1859 年 1 月 17 日

伯恩-琼斯向我展示了为罗斯金绘制的一幅钢笔画，这幅画的主题来自佛罗伦萨的历史［《邦德尔蒙特的婚礼》］。我委托他创作一幅水彩画［可能是《金鱼池》］，酬劳是 15 基尼。走进阿盖尔酒店［位于皮卡迪利广场］。我们在那里和范妮碰头，然后带她去奎因饭店吃饭。她非常害怕罗赛蒂会进来——瞧！他确实来了。

2 月 11 日
去见范妮并给了她一金镑，帮她装饰新房子。

同年晚些时候，博伊斯委托罗赛蒂绘制了一幅"范妮身着 16 世纪晚期服装的精彩肖像画"——完成的画作是《博卡·巴西亚塔》，或被称为《吻过的唇》，其坦率的性感甚至震惊了艺术界。斯温伯恩于年底写信给斯科特：

范妮·康福斯习作（1861 年），伯恩-琼斯作。艺术家为画根据坦豪瑟尔传奇创作的《歌颂维纳斯》而让范妮化妆打扮摆姿势。

我在伦敦度过了愉快的两周……看了罗赛蒂的新诗和画。我料想你曾听说他那幅肖像画：绝妙佳人的头发上插着花，后面还有金盏花？我无法用得体的语言表达她的迷人。

1860年初布朗一家邀请乔吉·麦克唐纳来住一个月。"我相信乔吉会高兴得难以言表，无论你们什么时候邀请，她都愿意来和你们一起住，"伯恩-琼斯代表她回复，"你和布朗夫人真是太好了——我知道她会应邀的。"乔吉本人对这次拜访有着温暖的回忆：

我记得他们一直都热情好客，他们慷慨的心肠使小房子变得宽敞，使微薄的收入变得充足。在场的人永远不会忘记这样的晚餐，马多克斯·布朗和他的妻子坐在一张长桌的两端，哪个客人不是受欢迎的前来交谈、大笑和聆听的朋友呢？倾听是人们在他身边时自然而然的态度。他有很多话要说，而且乐于表达，有时他会停下来，手里还拿着切肉刀，直到听到布朗太太温柔地从远处喊他的名字，并提醒他切肉的职责。

在乔吉的拜访结束前，布朗夫妇认为她和伯恩-琼斯应该马上结婚。于是他们做出了这个决定，同时他们也很惊讶和高兴地得知罗赛蒂和莉齐也将在"尽可能短的时间内"结婚。没有任何解释，罗赛蒂和莉齐在黑斯廷和好了，他们曾在那里度过快乐的时光。她病得很重，虚弱呕吐。正如罗赛蒂告诉他的母亲：

就像我曾经想做的所有重要事情一样——履行职责或确保幸福——这件事几乎被推迟到了不可能的地步。我几乎不配让莉齐仍然同意这件事，但她已经同意了，我相信我还有时间向她证明我的感激之情。的确，她身体情况的恶化让人感到十分担忧；但我仍然必须抱着最大的希望，而且无论如何，就资金前景而言，我现在比以往任何时候都更有能力迈出这一步。

他没有补充自己担忧的主要原因——莉齐现在对鸦片类药物鸦片酊严重上瘾。大多时候没人敢指望她能活下来。但1860年5月23日他们终于完婚，并去了巴黎。罗赛蒂在那里画了一幅恐怖的分身画，描绘了一对恋人与他们分身

阿瑟·休斯暗示，乔治·博伊斯在接手《博卡·巴西亚塔》时，可能会受到"想亲吻亲爱的人的嘴唇"的诱惑。这是罗赛蒂成名以来第一幅直白性感的绘画作品。

碰面的场景——这是一个对死亡的预兆——上面刻着他们相遇和结婚的日期：1851年至1860年。最终，罗赛蒂兑现了他的诺言。

蜜月结束后他们回到伦敦，在汉普斯特德寄宿。7月，乔吉·伯恩-琼斯第一次见到莉齐，她"跟想象中一样美丽"。两对夫妇一起去动物园约会，"紧挨着毛鼻袋熊的洞穴"。后来乔吉写道：

我希望能回忆起那天的更多细节——接待我们的毛鼻袋熊和我们拜访过的其他动物——但我只记得路过的猫头鹰，其中一只似乎还和加布里埃尔有世仇。他们的目光一相遇，似乎就想向对方冲去。

回到汉普斯特德，莉齐带乔吉上楼：

我们到的时候，我看见她在楼上有格子窗的小卧室里，她把我们带过去。她摘下帽子时露出一头美丽的深红色头发：她松松地系着，使它柔软又沉重地披在身上。她的肤色雪白中带着点玫瑰色，即使是肤色最深的部分也展现出最柔软细腻的粉红。她的眼睛是金棕色的——我唯一能想到形容它的词是玛瑙色。

当我们来到她的房间，她展示了她刚刚完成的构思，叫作《可悲的胜利》。

"的确，我的妻子当然也会画画。"罗赛蒂坚持对威廉·阿林汉姆说：

她最近的设计作品肯定会让你惊喜，我希望她现在会比以往做得更好。每次她工作的时候，我就更确信她在构思和色彩上真的有天赋——不是你说

《博卡·巴西亚塔》（1859年），罗赛蒂作。这是对范妮·康福斯的忠实描绘，灵感源自薄伽丘，他有这样一句意大利名言："被吻过的嘴唇并不失它的娇嫩，正如弯成新月的月亮还会再圆"。

《他们是怎样遇见自己的》（1860年），罗赛蒂作。这是他在巴黎画的一幅不祥的分身画。与此同时，莉齐正在构思一个悲剧的中世纪场景，名为《可悲的胜利》。

伊丽莎白·西德尔的肖像习作，题有"黑斯廷1860年"，罗赛蒂作。"如果我现在失去她，"他写道，"我应该有太多的悲伤，更糟糕的是有更多自责。"

的装出来的。而且如果她能在这基础上再加一点精确性，我相信她会画出一幅没有其他女人能画出的画，不过那需要健康和力量才能办到。

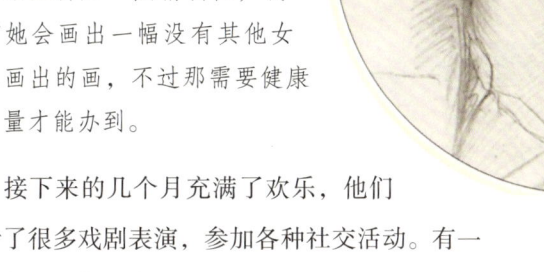

接下来的几个月充满了欢乐，他们去看了很多戏剧表演，参加各种社交活动。有一次，莉齐写信邀请她的新朋友：

我亲爱的小乔吉：

我希望你明天晚上能像甜心一样和爱德华一起过来。亲爱的，我好像很久没见到你了。我希望简也会来这里见你。

柳叶盘上充满了对你和爱德华的爱——

莉齐

他们对印着"常见的英国柳树图案"的瓷器有着共同热爱，这种瓷器在当时多为厨房用具而受到轻视。这在一定程度上是为了抗议维多利亚时代的标准设计，也符合他们的收入水平，因为那时"我们还没有真正的中国瓷器"。

这一年威廉和简·莫里斯搬进他们的新房——在肯特郡的红屋，房子由菲利普·韦伯设计。正如莫里斯的传记作家所记录，这成了朋友们所着迷的住所：

关于红屋，最有力的画面就是莫里斯在晚饭前满脸微笑地从地下室走出来，他双手捧满了酒瓶，胳膊下还夹着更多……简直是中世纪主人的转世化身。

肯特郡贝克斯利希思的红屋，从花园看过去，中间是红瓦井。自从为威廉·莫里斯建造以来，这所房子的外观几乎没有改变。

乔吉回忆说，餐厅还没有完工，楼上的大客厅还在装修。

所以莫里斯在同一层的画室就拿来居住。那是最令人愉悦的地方：窗户朝着三个方向，而且门上有一扇横向的小窗户，我们可以看到鸟儿在房子的红瓦屋顶上跳来跳去，它们丝毫没意识到我们在盯着。

莫里斯家的第一个孩子于1861年1月出生。艾玛·布朗帮助接生。正如这位自豪的父亲在写给布朗的信中所说的那样，尽管他语言不多：

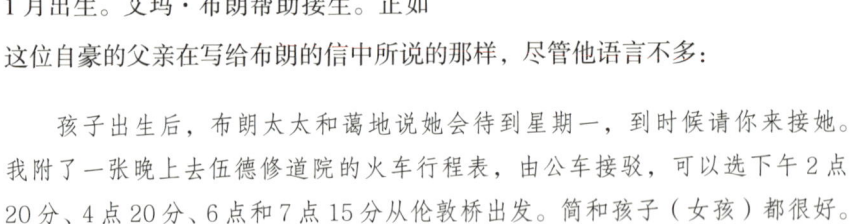

孩子出生后，布朗太太和蔼地说她会待到星期一，到时候请你来接她。我附了一张晚上去伍德修道院的火车行程表，由公车接驳，可以选下午2点20分、4点20分、6点和7点15分从伦敦桥出发。简和孩子（女孩）都很好。

"孩子（女孩）"的名字叫简·爱丽丝，但一直被称为珍妮［Jenny］。仅仅一年多后，她有了妹妹梅。

莉齐和罗赛蒂没有简和莫里斯那么幸运。他们的女儿出生时就夭折了。"亲爱的布朗，"罗赛蒂写道：

莉齐刚生了个死产儿……当然，她必须保持安静，但我敢说，如果艾玛明天能来见见她，她会很高兴。也许晚上来最好。

失去孩子，再加上莉齐的鸦片酊瘾，似乎扰乱了她的精神。八个月后，第

JOVIAL FRIENDS

143

上图 《但丁的爱神》（1860年）。罗赛蒂为红屋中的一个橱柜绘制的中央镶板。爱神在中间，当碧翠斯从群星中升起时，基督从天堂往下注视。

右图 出自威廉·莫里斯速写本里的鲜花设计，现藏在大英图书馆。

二场悲剧发生了。罗赛蒂花了整个糟糕的夜晚试图挽救她的生命。第二天众人聚集在黑衣修士桥,威廉看见他的嫂子"极其平静美丽"地躺着,如同但丁描绘碧翠斯死亡的画面:

> 和她在一起是如此的谦逊,
> 她似乎在说,我很平静。

"每当我看着她时,我都忍不住想到这一点,真是太像了。"威廉在日记中写道。

"亲爱的斯蒂芬斯,"他在同一天告诉拉斐尔前派的老朋友,"可怜的莉齐死去了。你将在报纸上看见这个消息,是因为可悲的鸦片酊。"一两天后他又写道:

> 原谅我这么唐突……在过去的两三年里,这个可怜的家伙一直有服用大量鸦片酊的习惯,而在周一,她服用的量肯定超出了她身体所能承受的范围。深夜加布里埃尔从工人学院回家时,发现她处于令人绝望的状态,4名医生7个小时的所有努力都是徒劳……
>
> 葬礼定于周一举行,之后我不知道加布里埃尔是否会回到查塔姆广场居住。

斯温伯恩在前一天晚上还与罗赛蒂和莉齐共进晚餐,他是验尸时的证人。"我现在不

简舒适地坐在一张桶式椅上缝纫,罗赛蒂作。

一幅描绘威廉·莫里斯和他的女儿们在红屋的漫画，伯恩-琼斯作。

愿意写发生了些什么，"他告诉他的母亲：

我几乎是最后一个见到她的人（除了她的丈夫和一个仆人），不得不做证……幸运的是，证明疾病使她精神错乱并不困难。

威廉简洁的日记记录了后续：

2月17日

葬礼。海格特公墓［罗赛蒂家族墓地］5779号墓穴。加布里埃尔把他的诗集手稿放进棺材里。

布朗反对这最终的遗憾行为——或许还有悔恨——但威廉支持他的兄弟，说"这种感觉让他荣幸，让他做他想做的吧"。

不管是什么感觉，这是一种出自悲伤的行为，会给罗赛蒂带来极大的痛苦。莉齐的不幸去世标志着拉斐尔前派一个章节的结束，也标志着一个传说的开始。随着时间的推移，这个传说会像他对她的形象一样令人难忘。

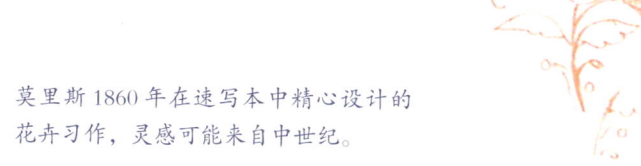

莫里斯1860年在速写本中精心设计的花卉习作，灵感可能来自中世纪。

第七章 公 司
THE FIRM

拉斐尔前派的下一个冒险项目是家商业企业——一家旨在设计、制造和销售装饰艺术的艺术合伙企业，起初命名为莫里斯-马歇尔-福克纳公司［Morris, Marshall, Faulkner and Co.］。"公司开始运营了，你听过这个公司吗？"伯恩-琼斯写信给一位在俄罗斯教书的朋友：

它由托普西、马歇尔、福克纳、布朗、韦伯、罗赛蒂和我组成——我们是合作伙伴，拥有一家制造厂，生产彩色玻璃、家具、珠宝、装饰和图画；我们赚了很多佣金，等你回来的时候可能就能坐上黄色马车了。

黄色马车指的是传说中以缝纫机成名的百万富翁艾萨克·辛格的运输工具。伯恩-琼斯、托普西和其他合作伙伴的公司规模更小，实际上还有所不同，它不致力于大规模生产，而是致力于艺术和设计的融合——用罗赛蒂的话来说，"尽可能用寻常家具的价格来带给人们真正的品位"。

伯恩-琼斯把这个天才想法归功于红屋：

上图　圣乔治击杀恶龙后引领公主。莫里斯为红屋的壁橱所设计，现藏于维多利亚与艾尔伯特博物馆。彩绘家具刻意做成古朴风格，充满拉斐尔前派艺术家们努力改造室内装饰的特色。

对页图　托马斯·鲁克的水彩画，画的是伯恩-琼斯富勒姆田庄中的室内装饰。在门口可以看到绣有圣凯瑟琳图案的悬挂物，这最初是为红屋设计的。

伯恩-琼斯为罗斯金设计的刺绣挂毯《贤妇传说》的草稿。乔叟、爱神和阿尔刻斯提斯形象的右边是"树和女人的幻象，都有写着他们名字的卷轴"。

正是出于装修这所房子的需要，莫里斯-马歇尔-福克纳公司才兴起。那里有彩绘的椅子和好看的高背长椅……墙壁光秃秃的，地板也光秃秃的；莫里斯无法忍受任何椅子、桌子、沙发或床，也无法忍受当时使用的任何挂饰。我想大约在这时莫里斯从铜矿中赚取的收入开始迅速消耗，于是他想到要开一家工厂，生产装修房子所需的一切物品。韦伯已经为红屋设计了一些漂亮的玻璃器皿、金属烛台和桌子，而且我已经为教堂设计过几扇窗户，所以我们的想法是把我们的经验结合起来为公众服务。

1862年伦敦国际展览会上，第一批瓷器在中世纪宫廷区成功地展出，人们熟知的"公司"成立于红狮广场8号。莫里斯写信给一位潜在客户：

通过阅读随附的［介绍说明文件］你会发现，我已经开始做一名室内装饰设计师。我早就打算这样做，一旦我能让有声望的人加入我的行列……大约一个月后，我们将在这些房间里为您展示一些东西，包括彩绘橱柜、刺绣和其他一切。

公司非常活跃，乔吉与罗斯金一起从意大利旅行归来后记述：

上图和右图　伯恩-琼斯以彩色玻璃漫画风格创作的漫画，其中莫里斯形象丰满富有，而伯恩-琼斯形象是一个瘦弱而饥饿的囚犯。据说伯恩-琼斯为莫里斯公司设计窗户所赚取的费用微薄，简直是个笑话。

它在国际展览上展示的东西赢得了两枚奖牌,许多订单正在等待爱德华;其中一个是彩色瓷砖,这证明他的幽默深受欢迎,刺激了商品销售。并且在这种形式下,《美女与野兽》和《灰姑娘》的故事在他手上,就如同在格林兄弟幸福回忆的书页上所呈现的一样新奇有趣。

彩绘玻璃在房屋和教堂中也很受欢迎。所有的合伙人合作制作了一系列的玻璃,讲述了马洛礼的《亚瑟王之死》中马克王、特里斯特拉姆爵士和王后伊索德的故事。玻璃与纺织品和壁纸设计一样,成为公司最有特色的产品。正如莫里斯后来解释的那样,优质的彩色玻璃的准则是"轮廓绝对是黑色的",要有良好的图形分组和清晰明亮的颜色。

这些女性也参与了公司的生产。简·莫里斯和她的妹妹贝茜很快就负责监督刺绣订单。乔吉加入凯特和露西·福克纳的行列,一起画瓷砖。过了一段时间,凯特凭借自己的能力成为一名设计师和室内装潢设计师。简回忆起早期的日子充满热情地说:

我第一件要绣的东西是偶然在伦敦一家商店发现的一块粗糙的靛蓝毛边

下图 描绘《美女与野兽》的瓷砖镶板,由伯恩-琼斯为莫里斯公司设计。《格林童话》是拉斐尔前派最爱的书籍之一。

对页图 "挂毯是最高贵的编织艺术。"莫里斯写道,"它或许会被看轻为一种彩色拼图。"这幅被戏称为"卷心菜和藤蔓"的蕨类叶子设计是他创作的第一幅挂毯。

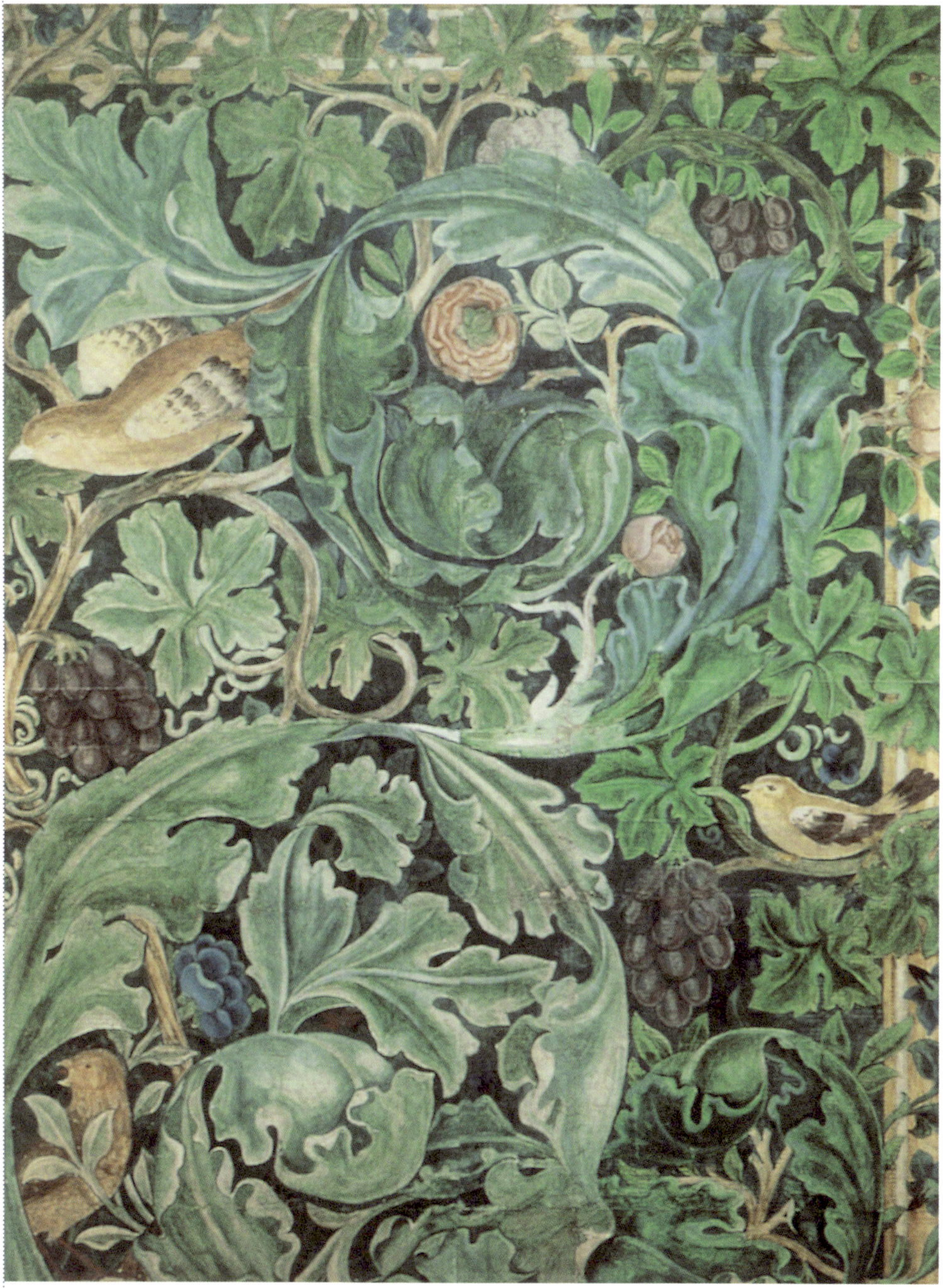

伯恩-琼斯的线稿，一只超现实大小的毛鼻袋熊在金字塔边跳跃。罗赛蒂的宠物毛鼻袋熊激发了很多灵感，其中包括克里斯蒂娜·罗赛蒂的一首以"哦，伙计，多毛又圆润"开头的意大利颂歌。

布……我把它带回家，他［莫里斯］很高兴，马上开始设计花朵。我们以一种简单而粗糙的方式用明亮的颜色制作。工作进行得很快。

  莫里斯是该公司的业务经理，也是主要的图案制作人。为了追求高质量的设计和制造，他参与了所有的过程，尤其是在几年后，那时公司开始生产中世纪风格的地毯和大型挂毯。他写给供应商与染色者托马斯·沃德尔的一封信中展现出了他对不褪色且不花哨的颜色的关注：

  我今天寄上蓝色地毯的经纬图案［即纬纱］，所需的羊毛也已订购（2件，即200码）。首先让你着手的是绿色的部分；我正在努力为它们制作图案，但我的染缸只有一个大布尔日［Bourges］罐，而且我发现在里面染羊毛很麻烦，因为沉淀物堆积得很厉害。不过大约两周后，我会尽快把它们寄给你。顺便说一句，我们用一点树皮鞣液染成的黄色在窗户透进来的光线下很不显眼，所以我们目前最好还是用黄草染料。现在我们先寄上靛蓝丝绸染色的图案，希望你们能直接用绿色棉绞纱做好。刚开始的时候我们不必太在意那些蓝色条纹。

  罗赛蒂那时正住在切尔西的泰晤士河沿岸，住在拉斐尔前派早期他和同伴们梦寐以求的那栋带大花园的老房子里。威廉写信给斯科特：

  你一定知道切尔西的夏纳步道，可能也知道那是加布里埃尔——还有拉斐尔前派——一直特别向往的地方。那有一个巨大的花园，有人说（尽管其

斯温伯恩、罗赛蒂、范妮和威廉·迈克尔·罗赛蒂的合影。摄于夏纳步道的花园。

他人告诉我这是不可能的）占地超过 2 英亩 [8000 多平方米]……一个正面有七扇窗户的客厅，一楼有一个大房间，这两个地方都可以作为不错的画室使用。

在这个花园里，罗赛蒂找到一群野生动物，既有本国的也有异国的动物，但它们并不能总是愉快地共存。"真想不到，我有一只最可爱的猫头鹰，一个可爱的毛球，可是我的乌鸦把它的头咬掉了。"他有一次说道。事实证明，孔雀太过吵闹。而那只珍贵的毛鼻袋熊早死了，尽管它可以在房子里和花园里自由活动。克里斯蒂娜·罗赛蒂担心它可能会试图挖洞穿过地球回澳大利亚老家。

范妮·康福斯也住在那里，她恢复了她认为理所当然的地位，成为了罗赛蒂声名狼藉又喜好玩乐的情人。随着她越来越胖，他开始叫她"亲爱的大象"。威廉·阿林汉姆 1864 年的日记里记录了整个拉斐尔前派圈子的简况：

6 月 27 日，星期一
八点半到达切尔西，来到但丁·加布里埃尔·罗赛蒂家中。早餐在一楼一间高高的小房间里吃，透过窗户可以看到花园。范妮穿着白色的衣服。然后我们走进花园，躺在草地上，吃着草莓，看着孔雀。范妮去看"chicking" [小鸡]，她嘴里的"chicken"的复数形式。然后斯温伯恩进来了，很快就开始念起了诗——对勃朗宁的拙劣模仿；惠斯勒也来了，他开始谈论自己的画作、皇家美术学院、中国画家、女孩、米莱斯等。我去了伯恩-琼斯家,伯恩-琼斯太太和皮普、F. 伯顿都在那里;谈论基督教、但丁、丁尼生和勃朗宁等。

7月17日,星期日

乘轮船到伦敦桥,乘火车到普卢姆斯特德。一番奔波后,终于在玫瑰园里找到了红屋,看见了威廉·莫里斯和他那黑发如皇冠般盘着的王后妻子。

因为伯恩-琼斯夫妇要搬来红屋和莫里斯夫妇一起住,所以计划被耽搁。菲利普·韦伯起草了一个围绕花园庭院建造新翼楼的计划。后来莫里斯得了风湿病,乔吉得了猩红热,她的早产婴儿也因此丧命。突然之间,在肯特郡共享玫瑰园的想法似乎和玫瑰本身一样脆弱,很快就被抛弃了。伯恩-琼斯告诉阿林汉姆:"这两个月来,我没有做任何工作,但每天都很焦虑。整个时期是如此可怕和凄凉,我试图忘记它,不再写关于它的任何东西。"

"至于我们的艺术殿堂,我承认你的信一开始对我来说是个打击,"莫里斯在病床上给伯恩-琼斯回信,"虽然这并不是什么意外——总之,我哭了。"然而,他继续说:

现在我才30岁,我的风湿病总会好的,我希望我们能一起度过许多快乐的时光,一起创作更多漂亮的盘子。

不幸的是,还没过几个月,莫里斯夫妇就不得不离开红屋。每天的艰苦通勤,再加上投资收入的减少,使他们不得不返回伦

罗赛蒂对毛鼻袋熊的挽歌,附上1869年寄给简的一幅画。

《鸟和架子》(1864年)。莫里斯的第一张壁纸设计,灵感来自红屋花园中的玫瑰花架。花、叶和鸟是他印刷设计的主要图案。就像这张一样,通常这些鸟都是由菲利普·韦伯画的。

威廉·莫里斯为威廉·德·摩根设计的瓷砖。1880年莫里斯和摩根一直在寻找可以共享的工厂营业场所却一无所获,于是开玩笑地说这个计划是"虚构的"。

菲利普·韦伯1859年为红屋设计的建筑立面图。简·莫里斯作为家庭主妇，从实用性的角度抱怨地窖太小。

敦市中心。1866年，莫里斯公司及其家庭在皇后广场重新建立。

　　这里生意兴隆，并且随着罗赛蒂住在切尔西，布朗一家住在菲茨罗伊广场和伯恩-琼斯一家在肯辛顿重新定居，社交生活也恢复了。莫里斯也雄心勃勃地计划要写一本华丽的诗集，上面附有伯恩-琼斯的木刻画，描绘丘比特和普赛克的故事。阿林汉姆的日记传达了当时的氛围：

7月31日，星期二

　　肯辛顿广场……画室。爱德华在作画；模仿古鉴赏家谈论"希腊艺术"等。我坐马车来到但丁·加布里埃尔·罗赛蒂家，见到了友好的威廉·迈克尔·罗赛蒂，他刚从那不勒斯庞贝的维苏威火山回来。桑迪斯，画家，一个身材魁梧的大个子，一头略带黄色的中分短发。他告诉我想要"找一个沉闷的沼地来画画——新森林地带有这样的东西吗？"斯温伯恩进来了（他刚剪

伯恩-琼斯为莫里斯公司设计的圣母玛利亚彩色玻璃图案，首次被应用于坎布里亚郡布兰普顿的圣马丁教堂。

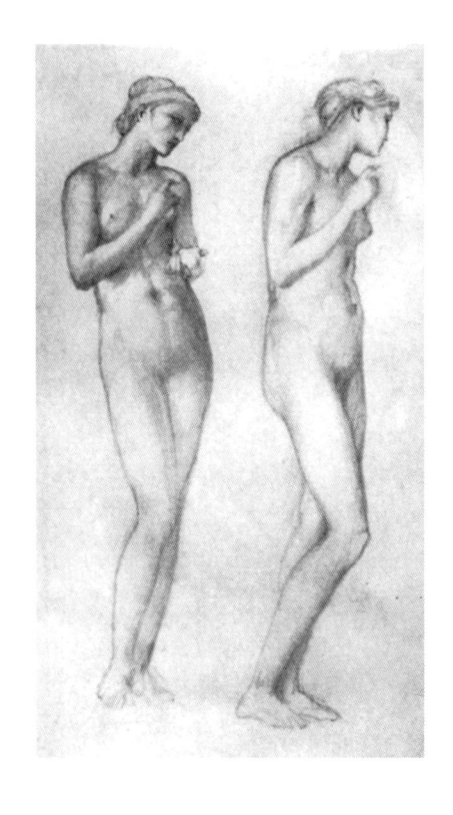

《普赛克的婚礼》习作,伯恩-琼斯作。1865年伯恩-琼斯与莫里斯合作,为莫里斯拟定出版的《世俗的天堂》创作木刻插画。

了头发)。谈论年龄……在肯辛顿广场大约待到3点……我在我的沙发上睡得不舒服。

8月1日,星期三

报纸称霍乱正在蔓延。我请爱德华带着妻子和孩子们到利明顿来。他说会考虑一下。晚餐时,威廉·莫里斯愉快地学习了葡萄酒和蒸馏知识。《大故事书》是爱德华关于奥林匹斯山的木刻画。莫里斯和朋友们打算自己雕刻这些木版——莫里斯将在他自己的仓库出版。我很喜欢莫里斯。他说话直截了当、语气坚定,他通常很吵闹,但一点也不恼人。

伯恩-琼斯和乔吉接受了阿林汉姆的邀请,前往汉普郡探望他。8月30日,莫里斯与韦伯加入他们的队伍,前往温切斯特。阿林汉姆在他的日记里写道:

大教堂——西窗、一些旧玻璃、唱诗班、侧廊、圣母礼拜堂、壁画等。莫里斯滔滔不绝地谈论着所有的事情,韦伯时不时地谈到一些技术细节(也很有趣),爱德华沉浸于身边生动的魅力事物;我也一样,用着自己的方式……

……当我们来到斯坦威尔别墅酒店,爱德华说:"我很抱歉,我一直都在偷懒,我对那本书什么贡献都没做。"对此,莫里斯轻哼一声。然后爱德华拿出为木刻画设计的八九个图案,莫里斯于是高兴地大笑起来,并摇动着他的身体。

"我会给你一份公司的名单。"乔吉的妹妹艾格尼丝在参加完夏纳步道的一次聚会后给家中写信:

加布里埃尔和威廉·罗赛蒂、露西夫妇和凯蒂·布朗——她是个身材高大的年轻女子。还有简和莫里斯,我们三个[她自己、乔吉和伯恩-琼斯]、贝尔·斯科特、雕塑家门罗夫妇、弗雷德里克·乔治·斯蒂芬斯、阿瑟·休斯夫妇、泰勒夫妇、勒格罗[雕塑家阿方斯·勒格罗]和他漂亮的英国妻子,还有韦伯和斯温伯恩。和蔼可亲的布朗太太不小心把咖啡洒在乔吉的蓝色中国丝绸连衣裙上,颜色变得就像我们的帽子一样,对此我们不太高兴,因为就算过再久,那件连衣裙也不会恢复原样……马多克斯·布朗非常高兴,但他脸色灰白,看到他的妻子很胖时我感到很难过……我大部分时间都和简在一起,我和她相处得很好。

1865年,简·莫里斯在罗赛蒂的指导下,在夏纳步道拍摄了一系列照片。照片中,简身穿宽松的丝绸长袍,摆出了不同于在工作室画肖像画的"艺术"姿势。一些照片后来被罗赛蒂用于习作参考。

"我亲爱的妈妈，"罗赛蒂在1866年的夏天写道：

我很想画您的肖像。请告诉我下星期什么时候方便过来，为我做模特，然后一起吃饭。如果可以的话，玛丽亚和克里斯蒂娜也可以一起来花园玩耍，欣赏美景、享受生活。

他当时正处于权力和声望的巅峰，但仍然抽出时间为妹妹的第二卷诗集《王子的历程》设计扉页。诗集可能在间接针对罗赛蒂，因为克里斯蒂娜担心他正在生活和艺术中沉迷于肉欲。

一团乱发在他的头顶闪闪发光，
酒红色、淡红色和雪白色的头发混乱交织，
玫瑰的花蕾未开放
而它的叶子、苔藓、芒刺却肆意生长；
他摘下一朵玫瑰，手微微颤抖，
露珠从玫瑰上滑落。

亨特看到罗赛蒂的新画作，对其所展现的性感感到厌恶。没有什么比这更远离兄弟会的理念了。罗斯金表示赞同，坦率地就《沃提考迪亚的维纳斯》中的金银花给罗赛蒂写信：

它们在我看来非常逼真；糟糕——我找不到别的词汇——来形容它们的粗俗，它展现出巨大的力量，揭露了你目前所做一切背后的某种非情感状态，与过去的作品相比——范妮和莉齐的脸相比……你现在的作品只是为了你自己……我告诉你，你正在交往的人正在毁掉你。

实际上，范妮的魅力正在消退。罗赛蒂现在迷上了简。一天晚上，有几个人曾注意到他在布朗家的行为，他坐在简的脚边，为她端上蘸了奶油的草莓。

他说服她坐下当模特，起初是为了一张肖像画，后来是为了一系列具有浪漫或象征性主题的或类似的绘画作品。起初，莫里斯几乎无法拒绝他的好朋友兼伙伴把妻子的肖像画挂在皇后广场的显眼位置上，上面有着这样模棱两可的题词:"以她的诗人丈夫而闻名,以她的容貌而闻名,现在愿我的画作为她增光添彩。"

"她的美貌是一种天赋。"罗赛蒂在诗句中宣告道,他用十四行诗描述了简的可爱:

哦,神啊,你支配着心与心的交感,
哦,爱!请借我的画笔让这幅佳人的肖像
焕发神采,从此赞美她的名,并指向
她藏于自我深处的全部的景观;
追寻她的美的人啊,要尽量眺得更远!
穿过那一汪娇美的眼波漾出的柔光,
目随那一抹娇艳的笔澜退去,你就能欣赏
她灵魂的那一片天空,那一道海平线。
看啊!画作已完成。她的颈如宝座,擎起
那张嘴唇,她的唇形仿佛在诉说,在亲吻,
她发荫下的眼睛在向过去回眸,向未来远瞻。
她的脸成为一座圣坛。请所有人都留意,
不问是何年何月(哦,爱,这就是赠予你的作品!)
那些想要瞻仰她的人,必须先来到我跟前。*

简感到受宠若惊。她开始遭受身体虚弱的折磨,这可能会导致她病残。治疗似乎没有效果,1868年医生建议她去德国的巴特埃姆斯进行水疗。莫里斯勇敢地陪着她,尽管他厌恶这个地方。"想象一下,我丈夫在一个时髦的德国温泉胜地!"简给她的美国朋友艾略特·诺顿夫人写信道。

罗赛蒂给简写信,他知道莫里斯也会读这封信,他很关心她的健康:

我怀着怎样的希望期待更好的消息,怀着怎样的喜悦接收它,请你相信我,我无法用语言言说。你的一切是我最关心的问题,托普[Top]不会介意

---

* [英]但丁·罗赛蒂:《生命之殿》,叶丽贤译,华东师范大学出版社,2018,第29页。

《沃提考迪亚的维纳斯》（1864—1868年），罗赛蒂作。爱神手持帕里斯赠予的苹果和丘比特之箭。之所以选择这个主题，可能是受了斯温伯恩关于维纳斯的赞美诗影响，并且这个主题有利于提升罗赛蒂的声望。

莫里斯为《世俗的天堂》设计的装帧，该书是他对古典和北欧诗歌故事的收藏集。

我在这个焦虑的时刻告诉你这些。他越爱你，就越知道你太可爱太高贵，值得被爱；而且，亲爱的简，随着生活的继续，似乎值得表达的东西就更少了，一个朋友无法拒绝另一个朋友去表达他内心深处的东西……我永远无法告诉你我一直有多喜欢你。离开你的视线是我长久以来的习惯，没有任何一次的分离能让我远离你，就像你多年来的存在也不能让我远离你一样。对于这一长期难以想象的变化，你知道的，我现在一定要谢谢你。

这封信很难减轻莫里斯的焦虑，罗赛蒂随信寄来的关于莫里斯和简在埃姆斯的漫画也不行。

这一年秋天，距离莉齐去世已经七年。罗赛蒂决定打开她的坟墓，以便从她的棺材中取回他的手稿。"我亲爱的威廉，"他极其小心地写道：

《穿托加长袍的托普西》。威廉·莫里斯装扮成罗马演说家，伯恩-琼斯在又一幅充满深情的漫画中嘲讽莫里斯的政治竞选活动。

昨晚我想跟你谈论一个话题，但我觉得我有必要写下来……

长期以来，很多朋友都不时暗示我是否可能拿回丢掉的手稿……最终我屈服了，在经历了一些阻碍之后，事情终于完成了……棺材里的一切都很完好；这本手稿虽然没有损毁，却被彻底浸透了，还得用消毒剂进一步消毒。

在斯温伯恩看来，罗赛蒂是在以莉齐热爱诗歌为由为自己的行为辩护：

事实是，没有人会比她更赞成我这样做。艺术是她唯一极其看重的东西。如果有可能的话，在她被安葬的那天晚上我就应该会在我的枕头上发现那本手稿；如果她能自己打开坟墓，就不需要其他人的帮助了。

这可能是真的，但莉齐打开自己棺材的可怕画面也象征着噩兆。拉斐尔前派的光明世界很快因背叛和不和而变得动荡。爱情和忠诚受到前所未有的考验。

《莫里斯一家在埃姆斯》，描绘了莫里斯和简接受水疗的画面，罗赛蒂作。简需要喝的药水杯数与莫里斯在旁边念的《世俗的天堂》的卷数相匹配。

《花园庭院》（1894年），伯恩-琼斯作。《睡美人》的故事是拉斐尔前派的最爱，伯恩-琼斯对被禁锢的时间的绘画意象非常着迷。这是根据这个故事创作的系列场景中的第三幅，公主和侍从仍未被唤醒。

第八章 不和谐的维纳斯
VENUS DISCORDIA

在他的手稿经过消毒处理和辨认后（尽管有个大的虫洞贯穿中部），罗赛蒂整理出了一本新的诗集，于1870年春季出版。其中包括大量因简而激发创作的爱情诗，这点她和她的密友都知道：

其他的女人，有谁可以像你一样被爱？
或者爱应该如何尽情地将你占有？ *

那时他们还没有公开他们的爱情，但罗赛蒂在信中的强烈情感让一切显得毋庸置疑：

和你在一起，服侍你，读东西给你听，绝对是我在这个世界上唯一能找到或想象的幸福。最亲爱的简，当这一切都无法实现时，我几乎无力移动手脚拿取任何东西……

星期六晚上我会过来，过来看看你怎么样。但如果我当时被阻拦（或者更直白地说，要是没有访客在你的房子里，那我会认定，

---

* ［英］但丁·罗赛蒂：《生命之殿》，叶丽贤译，华东师范大学出版社，2018，第69页。

阿格拉亚·科罗尼奥肖像（1870年），罗赛蒂作。聪明而有教养的阿格拉亚是拉斐尔前派的赞助人康斯坦丁·爱奥尼德斯的女儿，其藏品现在被收藏在维多利亚与艾尔伯特博物馆。她的姐妹埃琳娜嫁给了惠斯勒的兄弟。

我来时会愉快得多），那我会在星期一来。

莫里斯看着妻子眼中的爱意逐渐消退，感到无能为力。他用忧郁的诗句倾诉他的苦恼，一如罗赛蒂表达他的愉快：

……似乎一次又一次，
仿佛听到了一首冰冷而绝望的曲调，
灰蒙蒙的嘴巴在目光呆滞的梦境中歌唱。
一次又一次地划过他的心，
强烈欲望带来失去目标的痛苦，
困惑地渴望无爱与孤独。

这种不幸也让他变得脾气暴躁，哪怕是面对他的老朋友伯恩-琼斯：

我最亲爱的爱德华，
　　恐怕我昨晚脾气过于暴躁，但我不是故意的，所以请原谅我——我们有时似乎在言语上争吵，有时我觉得你很难忍受我，不足为怪，毕竟我像一只肮脏的刺猬。

但这不仅仅是暴躁。莫里斯也为乔吉感到难过，因为伯恩-琼斯也加剧了不和，他爱上了一位白皮肤、头发像火焰的年轻女子。这位女子刚刚离开她的

玛丽·斯巴达利与美国记者 W. J. 斯蒂尔曼结婚前后的自画像（1871 年）。玛丽的父亲希望她能嫁给鳏居的罗赛蒂，她经常为他当模特。在福特·马多克斯·布朗的训练下，玛丽成为一名有成就的艺术家。

丈夫，并且展现出一种不可抵挡的美丽与悲伤融合的魅力。

玛丽·赞巴科，原姓卡萨维蒂，出生于属于英国有文化的盎格鲁希腊社区，她是被称为"美惠三女神"的美人组合之一，伦敦一半的艺术家都迷恋她们。另两位是阿格拉亚·科罗尼奥和玛丽·斯巴达利，后者成了布朗的学生（并凭自己的能力成为一名专业艺术家），还是罗赛蒂的临时模特，后来也成为简的密友。

伯恩-琼斯答应跟玛丽·赞巴科私奔，但是后面退缩了。她提出了一同殉情并威胁要将自己溺死。正如罗赛蒂写信给布朗：

私下告诉你，可怜的老爱德华的婚外情完全破裂了，他和托普西经历了一场可怕的争执之后，突然一起动身去罗马，留下了可怜的希腊姑娘在他几乎所有朋友的住处四处闹腾，哭得像卡珊德拉［凶事预兆者］一样。乔吉留下来了。不过，我今天听说托普西和爱德华只去了多佛，爱德华现在病入膏肓，他们可能不得不返回伦敦。当然，逃避的办法是不让任何人知道他们的一举一动，否则那位希腊姑娘（我相信他真的打算甩掉她）会再次抓住他。她为自己准备了至少两份鸦片酊，并坚持要在霍兰德勋爵巷了结此事。当她

意象对比：玛丽·赞巴科的奇幻肖像画（1870年），
伯恩-琼斯作。画中的丘比特象征着爱的激情，还
有一支箭，上面写有伯恩-琼斯的名字。

乔治亚娜·伯恩-琼斯和她的孩子菲利普和玛格丽特（1880年），伯恩-琼斯作。乔吉冷静而坚定地保持着对道德美的理想。他们的儿子菲利普后来也成了画家。

尝试在勃朗宁的房子前跳水自杀时，爱德华并没有看见，后来警察捉住了正在石头上与她滚来滚去的来阻止她的爱德华，上帝才知道还发生了什么。

然而，伯恩-琼斯并没有轻易脱离。几周后，他多次为玛丽画像——最著名的是迷住梅林的女巫尼缪，以及变成了一棵杏树拥抱她的情人的仙女菲利斯——他请求罗赛蒂也给她画一幅肖像。罗赛蒂尽力了，他告诉简：

我想我已经为玛丽·赞巴科画了一幅很好的肖像，爱德华对此非常高兴。我随信附上了我刚收到的那位可怜的老朋友的一封信，上面写着他是多么好。我非常喜欢她，并且确信对她而言她的爱是她的全部。

他喜欢玛丽，部分是因为她说简很漂亮，还因为：

当人们仔细端详她的脸蛋时，她真的极其漂亮。尽管在过去的一年里她经历了爱和麻烦，我觉得她变得更美了。

伯恩-琼斯写给罗赛蒂的信揭示了他因辜负玛丽而感到的痛苦：

——这幅肖像画的一切——都让我兴奋，让我激动，让我变傻——我很高兴能有这幅肖像画，并能让你多了解她一些——即使只是一点点——我以为你以前在这件事上对我没什么同情心——因为我相信这是我未来生活的全

THE ILLUSTRATED LETTERS AND DIARIES OF
THE PRE-RAPHAELITES

拉斐尔前派
插画书信与日记

部，这让我有点受伤。我说不清楚你们中任何一个人对她的一点点好意是如何进入我的心的。

伯恩-琼斯受到了惩罚后回归婚姻的牢笼，而莫里斯则坚定地打算让罗赛蒂赢走简。离婚几乎是不可能的，而且总是伴随着丑闻和社会排斥。因此，在维多利亚时代，他们的解决方案是对家庭进行默契的重新安排。比如像现在这样给莫里斯提供新的亲密关系，给他介绍"美惠三女神"之一的阿格拉亚·科罗尼奥，同时她也是玛丽的表妹。

阿格拉亚对刺绣和文学感兴趣。"我会在星期二拜访你，把你的精纺毛料带来，"莫里斯写道：

爱德华说你想知道如何阅读乔叟，我会在我的口袋里带上一卷。在得到你的许可后，我会引导你探讨这个谜团，毕竟这个谜团并不深奥。非常感谢你的友好留言——此时此刻我已经完成了我的评论——啊！

他的厌恶来自这样一个事实：这是对罗赛蒂诗集的评论。就在他写这封信的时候，简还在乡下和罗赛蒂待在一起。

一年后，在1871年，他们找到了一个长期的解决方案。在牛津郡的一座旧庄园里，简和她的女儿们可以在那里小心秘密地与罗赛蒂共度夏季。正如莫里斯向查尔斯·福克纳解释的那样，他似乎不那么坦率：

我一直在为妻子和孩子们找房子，你猜我的目光转向了哪里？离拉德科特桥约两英里[3.2公里]的凯尔姆斯科特，一个小村庄——简直是人间天堂；一座伊丽莎白时代的古老石头房子……还有这么好的花园！紧靠河边，还有一个船屋，一切都很便利。周六我将和罗赛蒂再次前往那里，因为如果可能的话，他会考虑与我们分摊。

对页图 《梅林的诱惑》（1874年），伯恩-琼斯作。在亚瑟王的故事中，巫师梅林本人也被尼缪施了魔法，在拉斐尔前派的想象中，艺术家被女性的美所奴役。尼缪在这里显露出玛丽·赞巴科的独特轮廓，她的头发跟蛇缠绕在一起。

凯尔姆斯科特庄园的前花园，由 E. H. 纽雕刻。莫里斯的乌托邦浪漫小说《乌有乡消息》的卷首插图（1890 年）。

帮简在庄园安顿好后，莫里斯前往冰岛。他对北欧传奇产生了热情，并且需要在自己和家事之间留出一些情感空间。罗赛蒂如往常一样嘲笑了他的选择，直到听到莫里斯作为《世俗的天堂》的作者，在冰岛被当作著名的吟游诗人饱受欢迎时，他被激起深深的嫉妒。

简马上开始装饰凯尔姆斯科特庄园，她写信给菲利普·韦伯：

我要把餐厅里的壁炉摆正，就是那个壁炉架坏了的壁炉，也许你还记得，我想它配瓷砖会很好看。你能帮我在皇后广场看看吗？6 打应该就够了，要 5 英寸［12.7 厘米］的……每侧两排，顶部一排，其余的贴在开放式的壁炉内部。图案多样一点还是一致点会比较好看？它们必须是蓝色的。我发现壁炉架是石制的，所以我让泥瓦匠们把之前单调的油漆刮掉。接下来要考虑的是炉子。

一周后她写道：

非常感谢你为我的事费心……只要我还活着，我就再也不会拆壁炉了。我倾向于等托普西回来再继续，因为这里没有能胜任的工人；不过，贴砖任务几乎完工了，只要我站在旁边向他们展示每一块瓷砖的正确位置，他们就不会犯任何大错误。

"莫里斯来了,他的平底船停泊,杰克鱼和丁鲈鱼纷纷退场":罗赛蒂对莫里斯在凯尔姆斯科特钓鱼的讽刺。

莫里斯攀登冰岛的冰峰,这是伯恩-琼斯一幅更加深情的漫画,但他对北方的气候可没有这种热情。

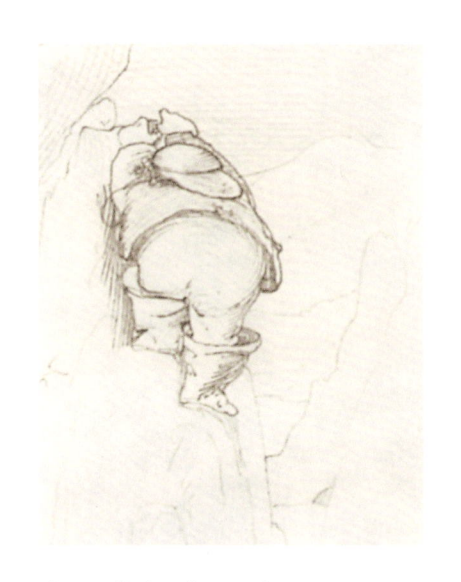

"让我们祈祷托普西浸在冰水中并喜欢吧!"罗赛蒂写信给韦伯,语气十分不友好。

虽然他对枯燥的乡村有些意见,但他也把凯尔姆斯科特庄园视为人间天堂。他给母亲写信描绘房子和周围环境:

> 是能想象到的最可爱的"古代安宁常在的地方"……这里有许多茅草农舍,看起来安逸舒适,但(正如简前天说的)好像你一抚摸它们,它们就会动起来……她身体好了很多,能和我一样轻松地走很长的路。孩子们是可爱的小东西——非常纯真、聪明,能够整天自娱自乐……我想给两个孩子都画些素描。

九岁的梅发现夏天如田园诗般美。"那一年夏天一定很炎热,天气很好,我父亲远在北方,"她后来写道,"当他骑着马穿过那片神奇之地黑色的荒野、跨过大河时,我们正在泰晤士河畔悠闲地晒太阳。"安静的凯尔姆斯科特吸引

上图 十岁的梅·莫里斯，罗赛蒂作。大约在这个时候，在梅不知情的情况下，罗赛蒂提出想收养她。"你为什么不让他这么做？"这是她后来被告知此事时的愤怒回应。

对页图 《水柳》（1871年），罗赛蒂作于凯尔姆斯科特，展示了面容忧虑的简及其身后的庄园、教堂和船屋。这幅画的复本现在挂在凯尔姆斯科特庄园。

VENUS DISCORDIA

不和谐的维纳斯

了这两个在城市长大的女孩：

> 可怜的母亲很坚定地想让我们上课……在那些阳光明媚的八月早晨，我们坐在凉快宜人的镶板房间里，试图学习有关罗马皇帝的知识；在宽阔的竖框窗外，乌鸦在醋栗中咯咯地笑着，尽情地用餐；金色的麦垛几乎堆到了院子的屋顶那么高，巨大的谷仓里挤满了忙碌的男男女女。一切都太有趣了。

梅回忆起她童年在牛津郡庄园的一个特别冒险的经历：

> 除此之外，我还喜欢上了屋顶骑行，有许多三角墙的房子和宏伟的农舍特别适合这种消遣。然而，有一天，这项壮举并没有完全成功——或者说，我差点成功了：因为我选择探索一个特别难以接近的屋顶，到达脊部后，我跨坐在那里，动弹不得。

简派园丁去借村子里最长的梯子，将梅从危险的高处救了下来。

罗赛蒂画画或写诗给简：

> 你的双手摊开，在鲜亮的长草丛间，
> 玫瑰色的指尖宛若片片的落英。
> 你的双眼含着笑。草地变幻着阴晴，
> 头顶翻涌的天空，白云在离合聚散。
> 向我们的巢穴四周眺望，目光所见，
> 是长满金毛茛的野地，在边缘处，
> 银白的峨参围绕着开花的山楂树。
> 这里沉寂可见，静若沙漏的停闲。
> ……
> 阿！我们把这亲密相伴的无言的时光，
> 紧紧拥在胸前，为那永恒的馈飨；
> 此时，对望的沉默就是爱的放歌。*

---

* ［英］但丁·罗赛蒂：《生命之殿》，叶丽贤译，华东师范大学出版社，2018，第49页。

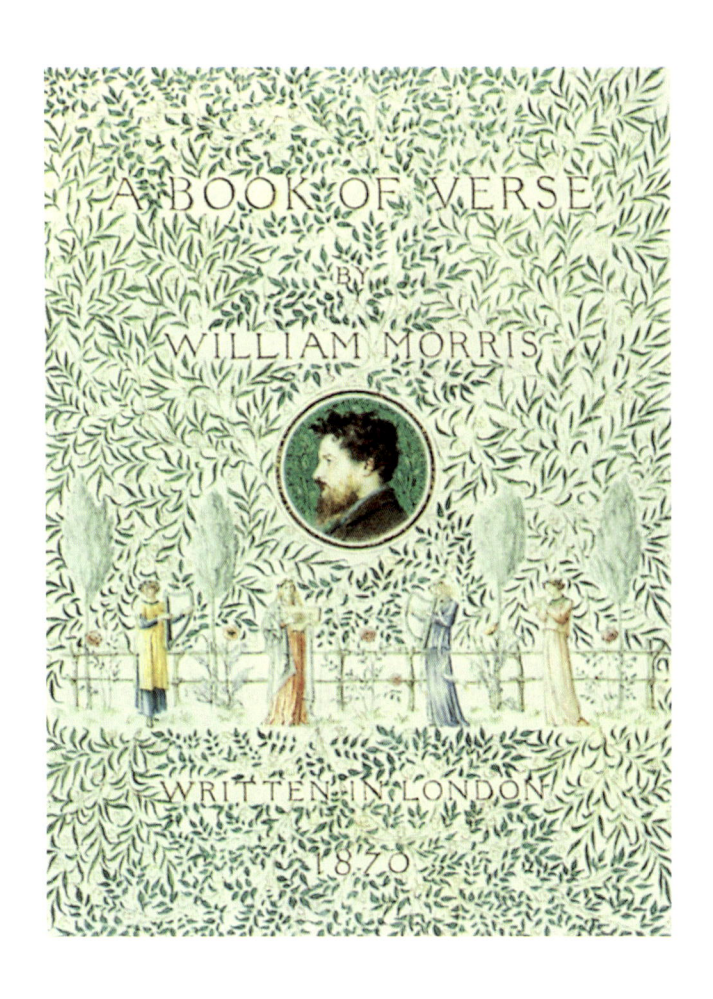

《诗集》(1870年),由莫里斯书写并加以彩饰,赠予乔吉·伯恩-琼斯,作为他们友谊的象征。

44岁的但丁·加布里埃尔·罗赛蒂。这幅阴沉的自画像似乎揭露了罗赛蒂在1872年遭受的精神崩溃,他的社交生活受到限制,他的绘画和诗歌都笼罩着一种忧郁的气氛。

田园诗般的生活并没有持续下去。第二年,当罗赛蒂和简准备回到他们的爱巢时,他遭受了严重的精神崩溃,与偏执型精神分裂症难以区分。他一直没有完全康复,尽管他继续画画和写作,但他在最后的岁月里避开了老朋友阴郁地隐居。简保持了一段时间的不离不弃,直到她悲伤地承认他的状态永远不会好转。渐渐地,她和莫里斯修补了关系。1874年,莫里斯将公司重组为莫里斯公司,由他全权控制。这导致了他与布朗的不和。几年来这几位老朋友分成了两个阵营,一个以莫里斯和伯恩-琼斯为核心,另一个以布朗和威廉·迈克尔·罗赛蒂为核心,后者娶了露西·布朗。

1853年罗赛蒂写文提及最初的拉斐尔前派。"现在整个圆桌会议都解散了。"类似的事情再次发生了,尽管在后来的几年里,裂痕得到了修复,但关于拉斐尔前派的故事最好还是讲到这里,回顾一下那关乎爱情、友谊和艺术的黄金时代。

拉斐尔前派成立50年之际,威廉·霍尔曼·亨特创作了他的回忆录。在最后一段中,他回顾了早期的愿望:

这座［艺术］大厦的窗户应该向蔚蓝天空的纯净、远山绚丽的甜蜜、沿途风景中的欢乐色调和植被无穷无尽的丰富性敞开。从今以后，任何事情都不应该隐瞒普通公民的眼睛；我们是要表明，描绘新的乐趣与至高艺术的尊严并不矛盾。艺术的目的，就是热爱质朴的美。

如果说他们的生活有时稍显逊色，那么拉斐尔前派的艺术——绘画作品、素描线稿、设计、装饰艺术——仍然闪耀着绚丽的色彩，充满无限的丰富性和神秘的美，穿越岁月向我们诉说它们的故事。

41岁的爱德华·伯恩-琼斯，摄于坎布里亚郡的纳沃斯城堡。

拉斐尔前派圈子
THE PRE-RAPHAELITE CIRCLE

福特·马多克斯·布朗［Ford Madox Brown, 1821—1893］, 画家, 生于加莱。在1846年第一任妻子去世后定居伦敦, 虽然他不是拉斐尔前派兄弟会的成员, 但与该团体以及主要人物关系密切, 同时也是莫里斯公司的创建者之一。他的女儿露西和凯瑟琳也是艺术家。1981年维吉尼亚·苏提斯编辑的《福特·马多克斯·布朗日记》是1850年代拉斐尔前派圈子的珍贵记录。有关布朗的艺术, 参见玛丽·贝内特的《福特·马多克斯·布朗》（2卷, 2010年）。

爱德华·科利·伯恩-琼斯［Edward Coley Burne-Jones, 1833—1898］, 画家, 出生于伯明翰; 在牛津大学与威廉·莫里斯建立了终生的友谊; 是《牛津和剑桥杂志》的创始人和撰稿人。1856年移居伦敦, 成为D. G. 罗赛蒂的追随者和朋友。他是莫里斯公司的合伙人与彩色玻璃的首席设计师。1860年与乔治亚娜·麦克唐纳结婚; 在1870年代和1880年代成为"第二波"拉斐尔前派运动的主要倡导者。他的生平记录在其妻子所编撰的《爱德华·伯恩-琼斯回忆录》（2卷, 1904年首次出版, 1913年再版）及佩内洛普·菲茨杰拉德于1975年和菲奥娜·麦卡锡于2011年所写的传记中。

乔治亚娜·伯恩-琼斯［Georgiana Burne-Jones, 1840—1920］, 原名乔治亚娜·麦克唐纳, 卫理公会牧师的女儿; 在1860年与伯恩-琼斯结婚前, 受过插图和木版画的训练; 从1860年代起, 成为布朗夫妇的密友, 尤其是威廉·莫里斯的密友; 是《爱德华·伯恩-琼斯回忆录》（1904年）的作者以及莫里斯第一部传记（1899年）背后的策划人。她本人的生平记录在朱迪思·弗兰德斯的《姐妹圈》（2001年）与简·马什的《拉斐尔前派姐妹会》（1985年）中。

查尔斯·奥尔斯顿·柯林斯［Charles Allston Collins, 1828—1873］, 画家, 出

生于伦敦，画家威廉·柯林斯的儿子，小说家威尔基·柯林斯的兄弟。在皇家美术学院学习，并成为约翰·埃弗里特·米莱斯的密友。数年后，他放弃了绘画，开始写作。

詹姆斯·柯林森［James Collinson，1825—1881］，画家，出生于诺丁汉郡，在皇家美术学院接受过训练，在那里遇见了但丁·加布里埃尔·罗赛蒂、威廉·霍尔曼·亨特等人。他是拉斐尔前派兄弟会的发起人之一，《萌芽》的撰稿人；1848—1850年与克里斯蒂娜·罗赛蒂订婚，当时他因宗教方面的顾虑而退出了拉斐尔前派兄弟会。

阿瑟·休斯［Arthur Hughes，1832—1915］，画家，出生于伦敦，曾在皇家美术学院接受过培训，在读过《萌芽》后受到启发，而效仿拉斐尔前派兄弟会。与约翰·埃弗里特·米莱斯和D.G.罗赛蒂交好，并受邀参与牛津联盟的壁画方案。

威廉·霍尔曼·亨特［William Holman Hunt，1827—1910］，画家，出生于伦敦，在皇家美术学院接受过培训，在那里遇到了约翰·埃弗里特·米莱斯。曾受到约翰·罗斯金的《现代画家》与《约翰·济慈的生活和书信》的启发。亨特的《圣艾格尼丝之夜》（皇家美术学院，1848年）让他与D.G.罗赛蒂建立起友谊，并参与组织拉斐尔前派兄弟会。为创作一幅重要的宗教画，亨特于1854—1856年间前往中东寻找绘画素材。《在庙中找到基督》（1860年）的成功确立了他重要画家的地位，他坚持拉斐尔前派兄弟会的最初主张。他的回忆录《拉斐尔前派与拉斐尔前派兄弟会》（2卷，1905年出版，1913年修订）是该运动的主要原始资料之一。戴安娜·霍尔曼-亨特的《我的祖父，他的妻子与爱情》（1969年）记录了他与模特安妮·米勒以及先后成为他妻子的范妮·沃及其妹妹伊迪丝·沃的私人关系。

约翰·埃弗里特·米莱斯［John Everett Millais，1829—1896］，画家，出生于南安普敦，来自海峡群岛的家庭。在皇家美术学院受过培训，遇到了威廉·霍尔曼·亨特，1848 年又遇到 D. G. 罗赛蒂，拉斐尔前派兄弟会发起于他的工作室，他的这些作品让这场运动开始为人所知：《伊莎贝拉》（1849 年）、《基督在木匠铺》（1850 年）、《奥菲丽亚》（1852 年）、《释放令》（1853 年）、《盲女》（1856 年）、《秋叶》（1856 年）。1855 年与埃菲·格雷［Effie Gray］结婚，她是约翰·罗斯金的前妻。到 1860 年代后期，他的作品不再采用拉斐尔前派风格，也不再与前伙伴联系，但他作为历史题材画家取得了巨大成功。1896 年成为皇家美术学院院长。其子编辑的《约翰·埃弗里特·米莱斯的生平与书信》（2 卷，1899 年）是研究拉斐尔前派兄弟会前期的主要资料来源。

简·莫里斯［Jane Morris, 1840—1914］，原名简·伯登，出生于牛津，在牛津联盟壁画方案期间为 D. G. 罗赛蒂所"发掘"，1859 年与威廉·莫里斯结婚。她是莫里斯公司的专业女裁缝和主管，以及业余设计师和书籍装订工。1868—1875 年间与 D. G. 罗赛蒂恋爱。她在临终前购买了凯尔姆斯科特庄园，为子孙后代提供了生活保障。参见 F. C. 夏普和简·马什编辑的《简·莫里斯书信集》（2012 年）。

威廉·莫里斯［William Morris, 1834—1896］，诗人、设计师、空想社会主义者，出生于萨塞克斯郡。他在牛津大学与爱德华·伯恩-琼斯建立了终生的友谊，是《牛津和剑桥杂志》的创始人和撰稿人，还参与了牛津联盟壁画方案。他在成为莫里斯公司总经理以及壁纸和纺织物的主要设计师之前，学过建筑，后又学过绘画。他的第一本诗集《为格尼薇儿辩护》（1858 年）极具拉斐尔前派风格。他的住宅包括红屋、汉默史密斯的凯尔姆斯科特庄园和凯尔姆斯科特宅院。他在 19 世纪 80 年代领导了社会主义运动，1877 年创立了古建筑保护协会，并在 1890—1896 年间经营了凯尔姆斯科特出版社。他的《作品集》（24 卷，1910—1915 年）由其女儿梅·莫里斯编辑；《书信集》（5 卷，1984—1996 年）由诺曼·凯尔文编辑；最新的传记由菲奥娜·麦卡锡于 1994 年撰写。

克里斯蒂娜·乔治娜·罗赛蒂［Christina Georgina Rossetti, 1830—1894］，诗人，

出生于伦敦的意大利裔家庭，是 D. G. 罗赛蒂和 W. M. 罗赛蒂的妹妹；《萌芽》杂志的撰稿人；为 D. G. 罗赛蒂的《圣母玛利亚的少女时代》（1849 年）和《天使报喜》（1850 年）做过模特；是《精灵市场》（1862 年）、《王子的历程》（1866 年）、《歌咏集》（1872 年）以及众多宗教作品的作者。她的《诗集》（3 卷，1979—1990 年）由 R. W. 克伦普编辑，《书信集》（3 卷，1996 年）由安东尼·哈里森编辑。

但丁·加布里埃尔·罗赛蒂［Dante Gabriel Rossetti, 1828—1882］，画家、诗人，出生于伦敦。曾就读于皇家美术学院，在那里遇见了威廉·霍尔曼·亨特和约翰·埃弗里特·米莱斯；是创立拉斐尔前派兄弟会背后的策划者，《萌芽》杂志的发起者，对拉斐尔前派运动的两个阶段都起到推动作用。1854 年经人介绍结识了约翰·罗斯金；1860 年与伊丽莎白·西德尔结婚。是牛津联盟壁画方案的负责人，莫里斯公司的合伙人（1861—1874 年）。出版有书籍《早期意大利诗人》（译著，1861 年）、《诗歌》（1870 年）、《民谣与十四行诗》（1881 年）。为他妹妹的《精灵市场》和《王子的历程》画插图。从 1862 年起住在切尔西的都铎老屋。后来爱上了简·莫里斯。1871—1874 年间与威廉·莫里斯和简·莫里斯共同租住在凯尔姆斯科特庄园。1872 年遭受严重的精神疾病。参见 W. E. 弗里德曼等编辑的《但丁·加布里埃尔·罗赛蒂书信集》（10 卷）、简·马什的《但丁·加布里埃尔·罗赛蒂：画家和诗人》（1999 年），以及罗赛蒂档案网 http://www.rossettiarchive.org。

威廉·迈克尔·罗赛蒂［William Michael Rossetti, 1829—1919］，艺术评论家、拉斐尔前派运动历史学家，出生于伦敦，是但丁·加布里埃尔·罗赛蒂的弟弟。1845—1894 年间任政府雇员，拉斐尔前派兄弟会的创始成员及其杂志的负责人，《萌芽》杂志的编辑和撰稿人。从事艺术评论多年，是《当代美术》（1867 年）的作者。1874 年与露西·马多克斯·布朗结婚。为众多拉斐尔前派成员和罗赛蒂著作的作者和编辑者，包括《但丁·加布里埃尔·罗赛蒂的家庭信件和回忆录》（2 卷，1895 年）、《拉斐尔前派的日记和信件》（1900 年）、《克里斯蒂娜·罗赛蒂的诗篇》（1904 年）和《回忆录》（2 卷，1906 年）。他本人的《书信选集》（1990 年）由罗杰·皮蒂编辑。

约翰·罗斯金［John Ruskin, 1819—1900］，评论家、赞助人和社会哲学家，出生于伦敦，在家里和牛津大学接受教育。在《现代画家》（第一卷，1843 年）中支持透纳，在《威尼斯的石头》（1853 年）中支持哥特式建筑，1851 年为拉斐尔前派辩护。罗斯金是米莱斯的赞助人，直到米莱斯与他的前妻结婚；他也是威廉·霍尔曼·亨特、D. G. 罗赛蒂和伊丽莎白·西德尔的赞助人。从 1860 年开始专注于社会批评。1874 年与 J. M. 惠斯勒产生法律纠纷，随后他精神崩溃，陷入社会孤立，近乎沉默。他的《著作集》（34 卷，1900—1912 年）由 J. A. 库克和 A. 韦德伯恩编辑。

威廉·贝尔·斯科特［William Bell Scott, 1811—1890］，画家，出生于爱丁堡，接受过雕刻培训。1837 年移居伦敦，1843—1864 年间又移居纽卡斯尔，担任设计学院校长。1847 年遇见 D. G. 罗赛蒂并为《萌芽》杂志供稿。他的《诗集》（献给 D. G. 罗赛蒂、威廉·莫里斯和 A. C. 斯温伯恩）于 1875 年出版，他的《自述注记》（2 卷，由 W. 明托编辑）在他去世后于 1892 年出版。

托马斯·塞登［Thomas Seddon, 1821—1856］，画家，出生于伦敦，建筑师 J. P. 塞登的兄弟。1854 年与威廉·霍尔曼·亨特一起在中东游历，创作风景画；1856 年返回埃及，并在那里去世。他的信件被寄回家，由其遗孀编辑，于 1860 年出版。

伊丽莎白·埃莉诺·西德尔［Elizabeth Eleanor Siddal, 1829—1862］，艺术家、模特，出生于伦敦。1850 年前后初次接触拉斐尔前派兄弟会，当时她作为一些重要画作的模特，包括威廉·霍尔曼·亨特的《瓦伦汀从普罗丢斯那里救下西尔维亚》和约翰·米莱斯的《奥菲丽亚》。1852 年成为 D. G. 罗赛蒂的学生，后与他产生了浪漫情感，在 1855 年得到罗斯金的资助。1857 年为在罗素广场举办的拉斐尔前派画展撰稿。1860 年与 D. G. 罗赛蒂结婚，1861 年生下死产女儿，1862 年死于过量吸食鸦片。简·马什的《伊丽莎白·西德尔的传奇》（1989 年）追溯了她的生平经历。

弗雷德里克·乔治·斯蒂芬斯［Frederic George Stephens］（1828—1907），画家、评论家，出生于伦敦，曾在皇家美术学院接受培训。拉斐尔前派兄弟会的成员和《萌芽》杂志的撰稿人。为了艺术新闻工作和教学而放弃了绘画；1860 年撰写了有关威廉·霍尔曼·亨特的著作，1894 年撰写了有关 D. G. 罗赛蒂的著作。

菲利普·韦伯［Philip Webb，1831—1915］，建筑师、设计师，出生于牛津，曾在 G. E. 斯特里特门下接受培训，在其办公室遇见了威廉·莫里斯，并为他设计了红屋（1859—1860 年）。他是莫里斯公司的合伙人，家具、金属制品和彩色玻璃设计师，是莫里斯在古建筑保护协会和社会主义联盟成员中的亲密伙伴。他的建筑包括东格林斯特德的斯坦登（国民托管组织）；为画家 G. P. 博伊斯设计的位于切尔西的格里布宅院；还有凯尔姆斯科特村的两间小屋，这是简·莫里斯为纪念丈夫所建。

托马斯·伍尔纳［Thomas Woolner，1825—1892］，雕塑家、拉斐尔前派兄弟会成员，曾在皇家美术学院学习。《萌芽》杂志的撰稿人。在英国，委托制作雕塑作品的不多见，于是 1852 年他跟随"淘金热"来到了澳大利亚。他的离开激发了福特·马多克斯·布朗关于移民的作品《最后的英格兰》。他在 1854 年回到英国，开始了肖像雕塑事业。1864 年与爱丽丝·沃结婚。1875 年入选皇家美术学院，此后从事制作公共纪念物的职业。

追寻拉斐尔前派的足迹
IN THE FOOTSTEPS OF THE PRE-RAPHAELITES

尽管自维多利亚时代以来发生了许多变化，但仍有许多与拉斐尔前派有关的地方可以参观，他们的作品也仍然可以在展览中看到。

在牛津，罗赛蒂与他的朋友们在那里度过了 1857 年的夏天。博蒙特街的阿什莫尔博物馆收藏了拉斐尔前派的绘画作品、素描线稿和设计品，以及伯恩-琼斯为威廉·莫里斯所绘的衣橱。威廉·霍尔曼·亨特的《世界之光》现藏于牛津大学基布尔学院礼拜堂，牛津大学基督教会学院和哈里斯·曼彻斯特学院两处都藏有重要的拉斐尔前派彩色玻璃；位于弗雷温法院的牛津联盟图书馆（前身为辩论厅）有罗赛蒂与朋友们绘制的亚瑟王壁画的遗迹，在大学假期对公众开放。

向西走几英里，靠近勒克拉德的地方，就是凯尔姆斯科特庄园，最初由莫里斯和罗赛蒂共同租用，在 1938 年由梅·莫里斯继承，现在由古文物协会保管。

在伦敦，威廉·莫里斯协会位于汉默史密斯上购物中心 26 号的凯尔姆斯科特大厦的地下室和马车房（原社会主义者会议室）。泰特美术馆收藏了拉斐尔前派的主要作品。伯恩-琼斯、莫里斯公司、梅·莫里斯等的装饰作品以及罗赛蒂的画作，都收藏在维多利亚与艾尔伯特博物馆。

位于伦敦东北方郊区，伦敦森林路沃特豪斯的威廉·莫里斯画廊，以前是莫里斯母亲的家，现在是一座小而别致的博物馆，专门陈列了莫里斯的生活用品和作品。著名的红屋位于伦敦东南部的肯特郡贝克斯利希思市红屋巷，为莫里斯而建，仍保留着原有的特色。根据书面约定，每月对游客开放一次。

位于张伯伦广场的伯明翰城市博物馆和美术馆，有大量重要的拉斐尔前派画作；附近的大教堂有伯恩-琼斯设计的窗户，也是拉斐尔前派学会所在地；

观众来信可寄至伯明翰科尔莫街圣菲利普大教堂。怀特威克庄园位于伍尔弗汉普顿附近,尽管与艺术家没有直接联系,却是以拉斐尔前派风格装饰,为国民托管组织所有,全年开放。

位于莫斯利街的曼彻斯特市美术馆收藏了拉斐尔前派艺术的主要藏品,置于维多利亚厅内。附近的曼彻斯特市政厅收藏有福特·马多克斯·布朗的壁画。其他重要的画作陈列于利物浦威廉·布朗街的沃克美术馆与阳光港的利弗夫人美术馆。

在美国,拉斐尔前派作品可在威尔明顿港的特拉华州艺术博物馆和马萨诸塞州哈佛大学的福格艺术博物馆看到。渥太华的加拿大国家美术馆有一小部分拉斐尔前派的作品,装饰艺术可见于多伦多的皇家安大略博物馆和多伦多大学珍本图书馆中凯尔姆斯科特出版社的书籍。在澳大利亚,可以参观墨尔本的维多利亚国家美术馆。在日本,福岛县郡山市的郡山市艺术博物馆收藏有罗赛蒂和伯恩-琼斯的作品。

译名对照表
VOCABULARY

A
Allingham, William　威廉·阿林汉姆

B
Boyce, George　乔治·博伊斯
Brett, John　约翰·布雷特
Brown, Catherine Madox　凯瑟琳·马多克斯·布朗
Brown, Emma Madox　艾玛·马多克斯·布朗
Brown, Ford Madox　福特·马多克斯·布朗
Brown, Lucy Madox　露西·马多克斯·布朗
Browning, Robert　罗伯特·勃朗宁
Burden, Bessie　贝茜·波登
Burden, Jane　简·波登
Burne–Jones, Edward Coley　爱德华·科利·伯恩-琼斯
Burne–Jones, Georgiana (Georgiana Macdonald)　乔治亚娜·伯恩-琼斯（乔治亚娜·麦克唐纳）

C
Campbell, Jean　吉恩·坎贝尔
Carlyle, Thomas　托马斯·卡莱尔
Chaucer, Geoffrey　杰弗利·乔叟
Collins, Charles Allston　查尔斯·奥尔斯顿·柯林斯
Collinson, James　詹姆斯·柯林森
Cornforth, Fanny　范妮·康福斯
Coronio, Aglaia　阿格拉亚·科罗尼奥

D
Dante　但丁

de Morgan, William　威廉·德·摩根
Deverell, Walter Howell　沃尔特·豪厄尔·德弗雷尔

F
Faulkner, Charles　查尔斯·福克纳
Faulkner, Kate　凯特·福克纳
Faulkner, Lucy　露西·福克纳

G
Glenfinlas　格伦芬拉斯
Gray, Effie　埃菲·格雷

H
Hampstead　汉普斯特德
Hastings　黑斯廷
Hill, Emma　艾玛·希尔
Hogarth, William　威廉·贺加斯
Hughes, Arthur　阿瑟·休斯
Humphreys, Noel　诺埃尔·汉弗莱斯
Hunt, William Holman　威廉·霍尔曼·亨特
Hunt, William Henry　威廉·亨利·亨特

I
International Exhibition　国际展览会

K
Keats, John　约翰·济慈
Kelmscott Manor　凯尔姆斯科特庄园

L
Lear, Edward　爱德华·李尔

M

Macdonald, Agnes　艾格尼丝·麦克唐纳
Macdonald, Georgiana　乔治亚娜·麦克唐纳
Malory, Thomas　托马斯·马洛礼
Millais, Effie　埃菲·米莱斯
Millais, John Everett　约翰·埃弗里特·米莱斯
Miller, Annie　安妮·米勒
Morris, Jane (Jane Burden)　简·莫里斯（简·波登）
Morris, May　梅·莫里斯
Morris, William　威廉·莫里斯
Morris & Co.　莫里斯公司

O

Oxford Union　牛津联盟

P

Parkes, Bessie　贝茜·帕克斯
Patmore, Coventry　考文垂·帕特莫尔
Prinsep, Val　瓦尔·普林塞普

Q

Queen Square　皇后广场

R

Red House　红屋
Red Lion Square　红狮广场
Rossetti, Christina Georgina　克里斯蒂娜·乔治娜·罗赛蒂
Rossetti, Dante Gabriel　但丁·加布里埃尔·罗赛蒂
Rossetti, Frances Lavinia　弗朗西斯·拉维尼亚·罗赛蒂
Rossetti, Gabriele　盖布瑞尔·罗赛蒂
Rossetti, William Michael　威廉·迈克尔·罗赛蒂
Royal Academy of Art Exhibitions　皇家美术学院展览
Ruskin, Effie (Effie Gray; Effie Millais)　埃菲·罗斯金（埃菲·格雷；埃菲·米莱斯）
Ruskin, John　约翰·罗斯金

S

Scott, William Bell　威廉·贝尔·斯科特
Seddon, Thomas　托马斯·塞登
Siddal, Elizabeth　伊丽莎白·西德尔
Spartali, Marie　玛丽·斯巴达利
Stanhope, J. R. Spencer　J. R. 斯宾塞·斯坦霍普
Stephens, Frederic George　弗雷德里克·乔治·斯蒂芬斯
Stillman, W. J.　W. J. 斯蒂尔曼
Swinburne, Algernon　阿尔杰农·斯温伯恩

T

Talfourd, Francis　弗朗西斯·塔尔福德
Tennyson, Alfred lord　阿尔弗雷德·丁尼生

V

Victoria, Queen　维多利亚女王

W

Wardle, Thomas　托马斯·沃德尔
Webb, Philip　菲利普·韦伯
Woolner, Thomas　托马斯·伍尔纳

Z

Zambaco, Mary　玛丽·赞巴科

致　谢

ACKNOWLEDGEMENTS

图片获以下机构授权使用：

牛津大学阿什莫尔博物馆［Ashmolean Museum］027，037，044，062，079，104；伯明翰博物馆和美术馆［Birmingham Museum & Art Gallery］009，013，020，035，036，045，080，082，083，085，092，093；布里奇曼艺术图书馆［Bridgeman Art Library］043，067，082，110，111；考陶德艺术研究中心［Courtauld Institute of Art］041，117（下图），125（上图），148，162（下图）；波顿博物馆和美术馆［Bolton Museum & Art Gallery］061；波士顿美术馆［Boston Museum of Fine Arts］，詹姆斯·劳伦斯［James Lawrence］的礼物139；布里奇曼艺术图书馆［Bridgeman Art Library］057；布里斯托艺术画廊［Bristol City Art Gallery］与布里奇曼艺术图书馆［Bridgeman Art Library］164；伦敦大英博物馆［British Museum, London］070，087，088，089，119（下图），130，132，142，143，145（下图），154，155，174（左图）；卡莱尔博物馆和艺术馆［Carlisle Museum & Art Gallery］135；佳士得图像公司［Christie's Images］008，058，071，076，078，103，112，133，136，141，144，150，156，158，174（上图）；诺伊斯克莱门斯塞尔斯博物馆［Clement Sels Museum, Neuss］168；考陶德艺术学院威特图书馆［Courtauld Institute, Witt Library］051，064，081；特拉华州艺术博物馆［Delaware Art Museum］，塞缪尔和玛丽·班克罗夫特纪念［Samuel and Mary Bancroft Memorial］053，086与布里奇曼艺术图书馆［Bridgeman Art Library］162（上图），167，175；艾得菲斯［Edifice］155（上图）；伦敦美术协会［Fine Art Society］095与布里奇曼艺术图书馆［Bridgeman Art Library］116；剑桥菲茨威廉博物馆［Fitzwilliam Museum, Cambridge］010（左图），国家肖像馆［National Portrait Gallery］034（上图），东英吉利大学［University of East Anglia］074（下图），084，布里奇曼艺术图书馆［Bridgeman Art Library］088，119，134，140；大伦敦记录办公室［Greater London Record Office］090；加利福尼亚州亨廷顿图书馆［Huntingdon Library, California］031；阳光港利弗夫人美术馆（Lady Lever Art Gallery, Port Sunlight）002，默西塞德国家博物馆和画廊［National Museums and Galleries on Merseyside］115，布里奇曼艺术图书馆［Bridgeman Art Library］170；封面照片来自泰恩河畔纽卡斯尔莱恩艺术画廊［Laing Art Gallery, Newcastle upon Tyne］与布里奇曼艺术图书馆［Bridgeman Art Library］；伦敦杰罗米·马斯有限公司

致谢 ACKNOWLEDGEMENTS

［Jeremy Maas Ltd, London］029，102（上图）；曼彻斯特美术馆［Manchester City Art Gallery］与布里奇曼艺术图书馆［Bridgeman Art Library］047，069，077，091；伦敦彼得·纳胡姆有限公司［Peter Nahum Ltd, London］173（右图）；都柏林爱尔兰国立美术馆［National Gallery of Ireland, Dublin］131（上图）；伦敦国家肖像美术馆［National Portrait Gallery, London］017（左图），054，074（上图），099，153；国家肖像画廊档案馆［National Portrait Gallery Archive］092；国家信托怀特威克庄园［National Trust, Wightwick Manor］015（右图），巴特曼斯［Batemans］146；纽约皮尔庞特·摩根图书馆［Pierpont Morgan Library, New York］060；私人收藏010（右图），018，020，035（左图），169；布里奇曼艺术图书馆［Bridgeman Art Library］039，049；考陶德艺术学院［Courtauld Institute of Art］020，034，035，041，125；泰特美术馆［Tate Gallery］063，066；伯恩矛斯罗素科特美术博物馆［Russell-Cotes Art Gallery, Bournemouth］与布里奇曼艺术图书馆［Bridgeman Art Library］161；桑德森［Sanderson］，伦敦布罗姆普顿路112-120号［112-120 Brompton Rd］，邮编SW3 1JJ，扉页；苏富比公司［Sotheby & Co.］034（下图），101，105，117（上图）；南安普敦市艺术画廊［Southampton City Art Gallery］106；伦敦泰特美术馆［Tate Gallery, London］003，004，006，012，016，017，018，026，033，040，041，073，097，114，122，124，128，143（上图）；佛罗伦萨乌菲兹美术馆［Uffizi, Florence］100；伦敦维多利亚与艾尔伯特博物馆［Victoria & Albert Museum, London］014，065，147，151，155（上图），158，166，177；利物浦沃尔克艺术画廊［Walker Art Gallery, Liverpool］与布里奇曼艺术图书馆［Bridgeman Art Library］024；耶鲁大学贝内克珍本图书馆［Yale University, Beinecke Rare Book Library］059（下图）。

书中插图：

乔治亚娜·伯恩-琼斯，《纪念爱德华·伯恩-琼斯》［Memorials of E. Burne-Jones］，伦敦（1904年）126，127，149，152，178，179；《萌芽》，重印于缅因州［Maine］波特兰［Portland］（1898年），021；威廉·霍尔曼·亨特，《拉斐尔前派主义和拉斐尔前派兄弟会》［Pre-Raphaelitism and the Pre-Raphaelite Brotherhood］，伦敦（1905年）011，102（下图），107，108，113；约翰·吉耶·米莱斯［John G. Millais］，《约翰·埃弗里特·米莱斯爵士的生平与信件》［The Life and Letters of Sir John Everett Millais］，伦敦（1899年）050，055，059（上图）；阿尔弗雷德·丁尼生，《诗歌》，伦敦（1857年）爱德华·莫克森插图版005，094，098。

Original title: *The Illustrated Letters and Diaries of the Pre-Raphaelites*

Copyright © Pavilion Books Company Ltd., 2018. Text Copyright©Jan Marsh, 1996, 2018. First published in the United Kingdom in 1996 by Collins & Brown Limited. This edition first published in the United Kingdom in 2018 by B. T. Batsford Limited, an imprint of Pavilion Books Group Limited, 43 Great Ormond Street, London WC1N 3HZ.

本书经英国 Pavilion Books Company Ltd. 授权广西美术出版社独家出版。
版权所有，侵权必究。

图书在版编目（CIP）数据

拉斐尔前派插画书信与日记/（英）简·马什编著；陈初露译 . -- 南宁：广西美术出版社，2025. 1. -- ISBN 978-7-5494-2928-8

Ⅰ . I561.64

中国国家版本馆 CIP 数据核字第 202435KA73 号

封面　《克雷》（印花棉），1884 年，威廉·莫里斯（1834—1896）/ 私人收藏 / 布里奇曼艺术图书馆供图。

书名页　但丁·加布里埃尔·罗赛蒂为《早期意大利画家》（1861）设计的卷首插图细节。

卷首插图　《春天》，约翰·埃弗里特·米莱斯。

拉斐尔前派插画书信与日记
LAFEI'ER QIAN PAI CHAHUA SHUXIN YU RIJI

主　　编 / 沈语冰

编　　著 /［英］简·马什		出版发行 / 广西美术出版社
译　　者 / 陈初露		地　　址 / 广西南宁市望园路 9 号（邮编：530023）
出 版 人 / 白竹林		市 场 部 /（0771）5701356
终　　审 / 郭树坤		网　　址 / www.gxmscbs.com
图书策划 / 韦丽华　卢明宇		印　　刷 / 珠海市豪迈实业有限公司
责任编辑 / 黄恋乔　郭玲玲		开　　本 / 720 mm × 1010 mm　1/16
版权编辑 / 韦丽华　苏昕童		印　　张 / 12.5
书籍设计 / 陈　欢		字　　数 / 190 千字
美术编辑 / 李　冰		版　　次 / 2025 年 1 月第 1 版
责任校对 / 张瑞瑶　吴坤梅		印　　次 / 2025 年 1 月第 1 次印刷
审　　读 / 陈小英		书　　号 / ISBN 978-7-5494-2928-8
责任印制 / 黄庆云　莫明杰		定　　价 / 118.00 元